DIE KNICKERBOCKER BANDE

Thomas C. Brezina

DAS GOLD DES GRAFEN DRAKUL

Krimiabenteuer Nr. 54

Mit Illustrationen von Jan Birck

Ravensburger Buchverlag

DIE KNICKERBOCKER BANDE

STECKBRIEFE

HALLO,
ALSO HIER MAL IN KÜRZE
DAS WICHTIGSTE ÜBER UNS:

POPPI

NAME: Paula Monowitsch
COOL: Tierschutz
UNCOOL: Tierquäler, Angeber
LIEBLINGSESSEN:
Pizza (ohne Fleisch,
bin Vegetarierin!!!)
BESONDERE KENNZEICHEN:
bin eine echte Tierflüsterin –
bei mir werden sogar Pitbulls
zu braven Lämmchen

DOMINIK

NAME:
Dominik Kascha
COOL: Lesen, Schauspielern
(hab schon in einigen Filmen und
Theaterstücken mitgespielt)
UNCOOL: Erwachsene, die einen bevormunden
wollen, Besserwisserei (außer natürlich, sie kommt
von mir, hähä!)
LIEBLINGSESSEN: Spaghetti
(mit tonnenweise Parmesan!)
BESONDERE KENNZEICHEN:
muss immer das letzte Wort haben und kann so
kompliziert reden, dass Axel in seine Kappe beißt!

AXEL

NAME: Axel Klingmeier
COOL: Sport, Sport, Sport (Fußball und vor allem Sprint, bin Schulmeister, habe sogar schon drei Pokale gewonnen)
UNCOOL: Langweiler, Wichtigtuer
LIEBLINGSESSEN: Sushi … war bloß'n Witz (würg), also im Ernst: außer Sushi alles! (grins)
BESONDERE KENNZEICHEN: nicht besonders groß, dafür umso gefährlicher (grrrrrr!)

LILO

NAME: Lieselotte Schroll (nennt mich wer Lolli, werde ich wild)
COOL: Ski fahren, Krimis
UNCOOL: Weicheier, Heulsusen
LIEBLINGSESSEN: alles, was scharf ist, thailändisch besonders
BESONDERE KENNZEICHEN: blond, aber unheimlich schlau (erzähl einen Blondinenwitz und du bist tot …)

Bibliografische Information der Deutschen Nationalbibliothek:

Die Deutsche Nationalbibliothek verzeichnet diese Publikation
in der Deutschen Nationalbibliografie.
Detaillierte bibliografische Daten sind im Internet über
http://dnb.d-nb.de abrufbar.

1 2 3 12 11 10

Umschlagillustration: Jan Birck
Printed in Germany
ISBN 978-3-473-47168-3

www.ravensburger.de
www.thomasbrezina.com
www.knickerbocker-bande.com

INHALT

DAS SCHLOSS DES GRAFEN DRAKUL

Wie mahnende Zeigefinger ragten die vielen dünnen Türme des Schlosses in den Abendhimmel. Die untergehende Sonne hatte die Wolken orangerot gefärbt, und es sah aus, als würden sie glühen.

„Nein, nicht auch das noch!“, stöhnte Dominik. Er stand am Fuße eines der Türme und blickte zur Spitze hinauf.

„Was gibt’s denn?“, wollte Lilo wissen.

Dominik schüttelte fassungslos den Kopf. „Es ist hier wie in einem Film! Aber das kann es doch alles gar nicht geben, oder?“

Axel und Poppi hatten etwas mehr Abstand zu dem riesigen Schloss mit den hohen gelbgrauen Mauern und den schwarzen Fenstern gehalten. Besorgt kaute Poppi an ihren Fingernägeln. Das tat sie wirklich nur dann, wenn sie sehr aufgeregt und unruhig war.

„Könntest du bitte Klartext reden?“, verlangte Lilo ungeduldig von Dominik. Auch sie war ziemlich nervös.

„Fledermäuse“, keuchte Dominik. „Aus dem Turmfenster sind soeben ungefähr zwanzig Fledermäuse gekommen.“

Axel versuchte, den Coolen zu spielen. „Na und? Die wohnen eben dort oben. Was ist schon dabei?"

„Normalerweise würde mich der Anblick von Fledermäusen nicht beunruhigen", begann Dominik auf seine komplizierte Art zu erklären. „Im Falle dieses Schlosses ist das aber etwas ganz anderes. Das wirst selbst du verstehen, der du nicht gerade über das aktivste Gehirn von uns verfügst, Axel."

„Hey!" Entrüstet versetzte Axel Dominik einen Stoß. „Nicht frech werden, du Quatschkopf!"

„Hört auf!", fuhr Lilo die beiden an. „Manchmal könnte ich euch auf den Mond schießen."

„Tu es, dann wären wir nämlich eine Weltsensation und könnten in jeder Fernsehshow auftreten!", spottete Axel.

Lilo warf verzweifelt die Arme in die Luft. „Langsam glaube ich, bei euch war heute Nacht tatsächlich ein Vampir."

Die beiden Jungen sahen sie fragend an. „Wie kommst du jetzt darauf?"

„Er muss euch in den Kopf gebissen und das Hirn ausgesaugt haben!", fuhr Lilo fort.

Poppi kicherte.

Axel und Dominik machten den Mund auf, um etwas zu erwidern, aber Lilo ließ sie nicht zu Wort kommen. „Schluss, aus, Ende! Wir sind hier, weil wir uns Sorgen um Luna machen. Es muss uns doch irgendwie gelingen, in dieses Schloss hineinzukommen."

„Das Haupttor ist geschlossen und Klingeln oder Klopfen nützt nichts, weil niemand aufmacht!", sagte Dominik.

„Deshalb suchen wir nach einem Hinter-, Neben- oder Seiteneingang. So etwas muss es doch geben!", meinte Lilo.

Poppi blickte immer wieder ängstlich zu den Schlossmauern. Die untersten Fenster befanden sich mindestens sieben oder acht Meter über dem Boden und waren alle vergittert.

„Mir ist Schloss Drakul unheimlich", gestand sie leise.

„Einladend und kuschelig finde ich es auch nicht gerade", stimmte ihr Axel zu.

„Trotzdem glaube ich nicht an Vampire", sagte Lilo bestimmt. „Vampire gibt es nur in Horrorfilmen und Büchern."

Die Knickerbocker-Bande war ein Stück entlang der Schlossmauer weitergegangen und zu einem kleinen Teich gekommen. Das Wasser war voller Algen und sah schleimig aus.

„Psst, seht mal!" Aufgeregt deutete Poppi zu einer tiefen Nische in der Mauer.

„Eine Pforte!“, flüsterte Dominik. „Jetzt sollte nur noch die Tür offen sein!“

Hoffnungsvoll liefen die vier Freunde darauf zu. Axel griff nach dem Türknauf und drehte ihn.

„Abgesperrt!“, meldete er mit einem Seufzer.

„Dann suchen wir weiter! Wir müssen in das Schloss!“, entschied Lilo. „Ich habe von Anfang an ein komisches Gefühl gehabt, aber Luna wollte nicht auf mich hören. Sie denkt nur an das Gold, das hier angeblich zu finden ist.“

Dominik schnaubte verächtlich. „Das Gold des Grafen Drakul. Axel, du hättest dir auch eine klügere Stiefmutter aussuchen können.“

Wieder fühlte sich Axel auf den Schlips getreten. Wütend zischte er: „Luna ist nicht meine Stiefmutter. Sie ist die Freundin meines Vaters. Vielleicht ist es deinem Spatzenhirn entfallen, dass meine Eltern geschieden sind. Übrigens finde ich Luna sogar nett. Und du solltest ihr dankbar sein, denn schließlich hat sie unsere Reise hierher nach Transsilvanien bezahlt.“

„Damit wir ihr beim Mogeln helfen!“, warf Dominik ein. „Allein würde sie das Gold wohl niemals finden.“

Axel sah aus, als würde er sich am liebsten auf Dominik stürzen und ihn in den Teich werfen.

„Ach was!“, brummte er schließlich und ließ es bleiben. „*Ich* finde es jedenfalls cool, dass die Freundin meines Vaters sich an einer solchen Schatzsuche beteiligt. Hast du auch so coole Verwandte, Herr Professor?“

Vor einigen Monaten war im Fernsehen ein Bericht über den geheimnisvollen Graf Drakul und sein Schloss gelaufen. Ein Mann, der in schwarzer Lederjacke und mit Sonnenbrille vor die Kamera trat, behauptete tatsächlich, ein Nachfahre des echten Grafen Drakula zu sein. Er hatte das Schloss gekauft, das früher einmal dem Blut saugenden Fürsten der Finsternis gehört haben soll. Angeblich war in den Mauern des Schlosses ein Goldschatz im Wert von mehreren Millionen versteckt und Graf Drakul hatte alle Interessierten eingeladen, sich an der Suche zu beteiligen.

Luna, eine spindeldürre, quirlige und immer gut gelaunte junge Frau, hatte einen Brief geschrieben und sich beworben. Zu ihrer großen Überraschung war ihr nach einiger Zeit tatsächlich eine Einladung ins Haus geflattert. Eine ganze Woche sollte sie im Schloss des Grafen verbringen. Mit ihr würden noch zwölf andere Leute ihr Glück versuchen. Wer den Schatz fand, durfte ihn behalten. Von Axel wusste Luna natürlich, wie viele geheimnisvolle Vorfälle die Knickerbocker-Bande bereits aufgeklärt hatte. Aus diesem Grund hatte sie die vier eingeladen, mit ihr nach Transsilvanien zu kommen. Sie sollten in einem Dorfgasthof nicht weit vom Schloss wohnen. Luna wollte sie regelmäßig anrufen und ihnen berichten, wie die Dinge standen. Die vier Freunde hatten ihr jede Hilfe und Unterstützung zugesagt.

Doch dann kam alles anders. Nachdem die Bande zwei Zimmer in dem muffigen Gasthof bezogen hatte, war es für Luna Zeit gewesen, sich zu verabschieden und zum Schloss zu fahren. Sowohl die Knickerbocker als auch Luna hatten ein Handy bei sich. Sie hatten mehrfach ausprobiert, ob die Geräte auch tatsächlich funktionierten und der Empfang in der Gegend gut war. Zum letzten Mal hatte sich Luna vom Schlosstor aus gemeldet.

Der Kontakt hatte großartig geklappt.

Danach aber hatte die Bande nichts mehr von ihr gehört. In Abständen von einer halben Stunde wählten die vier Freunde Lunas Nummer, hörten jedoch nur eine Tonbandstimme: „Der gewünschte Anschluss ist zurzeit nicht erreichbar."

Ein ganzer Tag war vergangen, ohne dass sie ein einziges Lebenszeichen von Luna bekommen hatten. Schließlich waren Axel, Lilo, Poppi und Dominik unruhig geworden und mit geliehenen Fahrrädern zum Schloss des Grafen Drakul gefahren. Es lag außerhalb des Ortes und war über eine geschotterte Zufahrtsstraße mit tiefen Schlaglöchern zu erreichen. Das Haupttor war zwei Stockwerke hoch und blutrot gestrichen. Die Bande hatte einen altmodischen Klingelzug entdeckt und mehrfach daran gezogen. Geöffnet hatte ihnen aber niemand. Auch ihr Klopfen war nicht beantwortet worden.

Irgendwie sah das Schloss aus, als wäre es menschenleer.

Das Gras rund um das alte Gemäuer stand kniehoch und war hart und vertrocknet.

„Gibt es hier Schlangen?“, erkundigte sich Dominik besorgt. Er hob beim Gehen die Beine wie ein Storch.

„Nein, es gibt ganz sicher keine Schlangen. Die frisst der Vampir nämlich zum Frühstück“, spottete Lilo.

Hinter den vieren quietschte eine Tür. Die Angeln schienen seit Jahrhunderten nicht geölt worden zu sein.

Lilo bedeutete den anderen mit dem Kopf, sich um die Ecke an die Mauer zu pressen, um nicht gesehen zu werden.

Die schwarze Pforte war von innen geöffnet worden. Noch konnte die Bande nicht sehen, wer herauskam. Nur ein Knistern und Rascheln wie von einem langen Abendkleid war zu hören.

Axel, der bisher am ruhigsten geblieben war, riss nun vor Staunen und Schreck die Augen weit auf und hauchte: „Ich glaub, ich träume."

DREIZEHN

Aus der tiefen Mauernische war eine hochgewachsene Gestalt getreten. Ein weiter schwarzer Umhang mit aufgestelltem Kragen hing von ihren Schultern und reichte fast bis zum Boden.

Der Unbekannte kehrte den Knickerbockern den Rücken zu, sodass sie sein Gesicht nicht sehen konnten. Sein Haar glänzte ölig und war energisch nach hinten gekämmt.

Das Rascheln und Knistern kam von dem langen Umhang.

Ohne die Gestalt von vorne gesehen zu haben, stand für Axel fest, dass es sich um einen Vampir handeln musste.

Mit großen Schritten stapfte die Gestalt durch das hohe Gras zum Ufer des Teiches. Mit der Schuhspitze kickte er kleine Steine ins Wasser. Das Geräusch, das dabei entstand, hörte sich an wie *glup-glup-glup.*

Es sah aus, als hätte der Vampir die Hände tief in die Taschen seiner Hose gebohrt, als er am Ufer entlangschlenderte und hinter den herabhängenden Ästen einer Trauerweide verschwand.

„Kommt mit!“, forderte Lilo die anderen auf und schlich, eng an die Mauer gepresst, los. Bis zur Nische mit der schwarzen Pforte waren es höchstens fünfzehn Schritte. Lilo ließ die Trauerweide keine Sekunde aus den Augen. Sollte der Vampir plötzlich zurückkommen, wollte sie nicht von ihm überrascht werden.

Die Detektive hatten es geschafft. Sie zwängten sich in die Nische und sahen die schwarze Tür offen stehen. Lilo hatte wie alle Mitglieder der Knickerbocker-Bande immer eine Minitaschenlampe an der Gürtelschlaufe hängen. Jetzt nahm sie diese ab und knipste sie an. Obwohl die Lampe nur die Größe ihres kleinen Fingers hatte, war der Lichtstrahl sehr stark.

Als sich Lilo zu den anderen umdrehte, war Poppi nicht mehr zu sehen. Das jüngste Mitglied der Bande schien der Mut verlassen zu haben. Lilo wusste, Poppi würde auf sich aufpassen und die anderen drei warnen, falls der Vampir auftauchen und zur Pforte gehen sollte.

„Was wollen wir jetzt eigentlich tun?“, raunte Axel Lilo von hinten ins Ohr.

Gute Frage! Lilo wusste es selbst nicht genau. Sie hatten die Möglichkeit, das Schloss zu betreten, aber sollten sie einfach so durch die Gänge laufen und nach Luna suchen?

Sie könnten in eine Falle tappen!

Oder einem anderen Vampir in die Hände laufen! Oder sich verirren und nicht mehr zurückfinden!

Und was sollten sie machen, wenn die Pforte später abgesperrt war? Wie könnten sie das Schloss dann wieder verlassen?

„Wir werfen erst mal einen Blick in das Gebäude. Vielleicht haben wir Glück und stoßen sofort auf etwas Wichtiges. Seht euch genau um“, flüsterte Lilo den Jungen zu, bevor sie durch die schwarze Pforte trat.

Im Schloss war es deutlich kühler als draußen. Ein eisiger Windhauch wehte den drei Knickerbockern entgegen. Inzwischen hatten sie alle ihre Taschenlampen angeknipst und das Licht wanderte suchend über die Mauern des kleinen Raumes, in dem sie sich befanden.

Auf der rechten Seite führte eine enge Wendeltreppe nach oben. Links war ein kurzer Gang zu erkennen, der an einer weiteren Tür endete.

Zu hören war nichts. Absolut nichts!

„Hier stinkt's", beschwerte sich Dominik. „Es riecht modrig und muffig."

„Gruftig!", hauchte Axel.

„Ihr solltet euch eben öfter waschen", zischte Lilo grinsend und schlich weiter. Sie hatte den Kopf eingezogen, als könnte jeden Augenblick etwas auf sie herunterfallen oder ein Angreifer aus seinem Versteck springen.

Ohne sich lange mit den Jungen zu beraten, hatte Lilo beschlossen, einen Blick hinter die nächste Tür zu werfen.

Axel drehte sich um, weil er hinter sich eine Bewegung gespürt hatte.

Aber da war nichts.

Die Pforte stand weiterhin offen. Keine Spur von dem Vampir!

Die Tür vor ihnen war so gestrichen, dass sie aussah, als wäre sie aus Marmor. Der Knauf war aus Messing und hatte die Form eines Totenkopfes.

Stumm deutete Lilo darauf. Dominik hob die Augenbrauen, Axel runzelte die Stirn.

Vorsichtig packte Lilo den Totenkopf und versuchte, ihn zu drehen. Nach rechts bewegte er sich nicht, nach links schon. Es knirschte und klickte und die Tür sprang nach innen auf.

Eiskalte Luft schlug Lilo entgegen. Sie erschauerte in ihrem T-Shirt. Was befand sich hinter der Tür? Ein Kühlhaus?

Zuerst sahen die drei Knickerbocker nur schwarz. Der Raum war stockfinster. Dominiks Hand zitterte leicht, als er langsam über den Boden leuchtete. Der Lichtstrahl traf auf ein steinernes Podest und streifte weiter oben etwas Schwarzes, Glänzendes, Eckiges.

„Sieht aus wie eine Kiste", flüsterte Axel locker. Er war der Einzige, der die „Kiste" noch nicht erkannt hatte.

Die Lichtkreise der Taschenlampen glitten über die ganze Länge der schmalen „Kiste" bis zum oberen Ende, wo eine Zahl prangte. Es waren zwei Ziffern aus poliertem Messing: *13*.

Hastig leuchtete Lilo weiter.

Neben der „Kiste" stand eine weitere mit der Nummer zwölf. Dann kam Nummer elf, Nummer zehn und so weiter.

Axel verschlug es vor Schreck einen Augenblick lang die Sprache. Er atmete flach. Endlich bekam er ein Wort heraus: „Särge!"

„Echt wahr?“, zischte Lilo. „Ich habe die Dinger für Kanus gehalten.“

Die schwarzen Holzsärge standen in einer langen Reihe nebeneinander. Nummer eins bis Nummer dreizehn.

„Dreizehn Teilnehmer, dreizehn Särge“, keuchte Dominik. „Wenn da kein Zusammenhang besteht, will ich Hugo heißen.“

Irgendwo, sehr, sehr weit entfernt, ertönten drei kurze und ein langer Pfiff. Die Knickerbocker-Freunde hörten sie, reagierten aber nicht.

„Wir sind hier wohl in einer Gruft. Daher ist es auch so kalt“, flüsterte Lilo.

Wieder wurde gepfiffen.

„Verdammt, das ist doch unser Warnsignal!“, fiel Axel ein. „Poppi warnt uns. Der Vampir kommt zurück.“

DER RAUM OHNE TÜREN

„Raus!“, sagte Lilo, drehte sich mit einem Ruck um und wollte losrennen. Die beiden Jungen aber standen noch immer regungslos da. Lilo prallte gegen sie und stieß sie dabei zu Boden. Die Taschenlampen flogen weg und rollten hinter die steinernen Podeste, wo sie gespenstische Lichter an die Wände warfen.

„Passt doch auf!“, schnaubte Lilo verärgert.

Von Poppi kam ein dritter Warnpfiff. Diesmal noch schneller. Das bedeutete, die Gefahr rückte näher.

Endlich waren die drei wieder auf den Beinen. Sie achteten sehr darauf, die Särge nicht zu berühren, als sie nach ihren Taschenlampen suchten.

„Raus!“ Lilo stürzte zur Tür, stoppte aber urplötzlich ab, packte den Knauf mit beiden Händen, drückte die Tür zu und zischte: „Psssst, zu spät!“

Draußen waren Schritte und das Rascheln des Umhangs zu hören. Die Pforte wurde geschlossen und ein Schlüssel dreimal gedreht. Danach hörten sie den Vampir über die Treppe nach oben gehen.

„Hoffentlich hat er den Schlüssel stecken gelassen.“ Dominik keuchte.

Während die drei warteten, hörten sie ihre Herzen heftig schlagen und das Blut in ihren Ohren rauschen. Trotz der Kälte, die in der Gruft herrschte, schwitzten sie heftig.

Immer wieder warf Axel einen Blick auf die Särge. Er fürchtete, dass sie sich jederzeit öffnen und Vampire heraussteigen könnten.

„Was da wohl drin ist?“, flüsterte Dominik, dem der Schreck den Hals zugeschnürt hatte.

„Ich bin normalerweise sehr neugierig, diesmal aber nicht im Geringsten“, gab Lilo offen zu.

Als sie sicher war, dass der Vampir weit genug entfernt war, öffnete sie die Tür. Auch in dem kleinen Vorraum herrschte nun Finsternis.

Die Lichtstrahlen der Taschenlampen zitterten, da die drei ihre Hände vor Aufregung kaum ruhig halten konnten. Auf Zehenspitzen schlichen sie zur schwarzen Pforte. Dort stöhnten sie leise auf.

Im Schloss steckte kein Schlüssel.

Lilo wollte nichts unversucht lassen und drehte am Knauf. Doch wie erwartet ließ sich die Tür nicht öffnen.

„Und was jetzt?", fragte Axel leise.

„Du bist doch gut im Schlossknacken!", raunte ihm Lilo zu.

„Das hier schaffe ich nicht!", meinte Axel kopfschüttelnd. Tatsächlich hatte ihm ein Entfesselungskünstler in einem Zirkus einmal ein paar Tricks verraten, wie man Schlösser öffnen konnte. Er hatte ihm damals eingeschärft, diese Tricks nicht für krumme Touren zu verwenden, das hatte Axel aber ohnehin nie vorgehabt.

Die drei Knickerbocker überlegten.

Draußen kratzte es an der Tür. Es hörte sich an, als wollte ein Hund herein.

Lilo kratzte zurück.

„Seid ihr noch da drinnen?", kam es ganz leise und dumpf von der anderen Seite. Es war Poppi, die sich Sorgen machte, wo ihre Freunde blieben.

„Ja, wir sind eingeschlossen!", sagte Lilo leise.

„He, seid ihr noch da drinnen?", wiederholte Poppi. Lilo sprach zu leise und Poppi konnte sie nicht hören. Doch lauter traute sich Lilo nicht zu reden. Also kratzte sie wieder an der Tür.

„Sagt doch was!", flehte Poppi.

Axel schob Lilo zur Seite und klopfte an die Tür. Zweimal lang, zweimal kurz, zweimal lang. Das bedeutete in der Geheimsprache der Bande: „Abwarten!"

„Sonst dreht Poppi vor Angst durch. Das könnte für sie und uns ziemlich gefährlich werden", sagte er erklärend zu den anderen.

Lilo nickte. Axel hatte Recht.

„Ohne Schlüssel kommen wir hier nicht raus", jammerte Dominik.

Wieder nickte Lilo. „Und der Schlüssel ist irgendwo oben bei diesem Vampir."

Dominik schluckte: „Willst du etwa da hinaufgehen?"

„Es bleibt uns nichts anderes übrig. Aber warte ruhig hier, wenn du die Hosen voll hast."

Wütend schnitt ihr Dominik eine Grimasse.

Die Wendeltreppe wand sich steil empor, die Stufen waren ausgetreten und man konnte nicht sehen, ob jemand entgegenkam. Eng an die Wand gepresst erklommen die drei Knickerbocker Stufe für Stufe. Sie gingen auf Zehenspitzen und atmeten kaum, um auf keinen Fall ein verräterisches Geräusch zu überhören.

Immer weiter und weiter schraubte sich die

Treppe nach oben, ohne aber ein anderes Stockwerk zu erreichen.

„Diese Treppe nimmt wohl überhaupt kein Ende." Dominik schnaufte.

„Doch!", erwiderte Lilo, die voranging.

Sie betrat eine düstere Halle, die nur von einigen Kerzen spärlich erhellt wurde. Das Flackern der Flammen ließ Schatten über die Wände tanzen, die wie herumfliegende Geister aussahen.

„Was hängt denn da?", fragte Axel leise.

„Wandteppiche", stellte Dominik staunend fest.

Als sie näher traten, erkannten sie einiges auf den riesigen geknüpften Teppichen. Die Bilder zeigten das Schloss. Die Leute, die davorstanden, hatten lange Kleider, wehende Schleier, Wämser und Pluderhosen an, wie sie vor sehr langer Zeit getragen worden waren.

Erschrocken schnappte Dominik nach Luft. Er deutete auf eine kahlköpfige graugrüne Fratze mit blutunterlaufenen Augen, die wie ein Monster über die Schlossmauer spähte und dürre Spinnenfinger mit langen schwarzen Nägeln nach den Leuten ausstreckte. Nur wenige hatten den Unheimlichen bemerkt und ergriffen bereits schreiend die Flucht.

Der Himmel des Bildes zeigte Wolken, die aussahen wie flüssiges Blei. Aus ihnen zuckten grüne

Blitze, deren Spitzen sich zu drachenähnlichen Dämonen mit scharfen Zähnen, gespaltenen Zungen und Schlangenaugen formten.

Auch an den anderen drei Wänden hingen solche Bildteppiche.

„Wohin ist der Vampir verschwunden?", wunderte sich Lilo laut. Es gab nämlich keine einzige Tür, nicht einmal einen Durchgang oder eine Mauernische.

Axel beugte den Kopf zurück und musterte die Decke. Sie wurde von schweren Holzbalken getragen. Wo sie in den Ecken zusammenstießen, waren wilde Dämonenköpfe geschnitzt, die die Mäuler aufrissen und die Zungen zeigten.

„Versteht ihr das? Was ist das für ein komischer Raum? Wo geht es hier weiter?", fragte Lilo flüsternd die Jungen.

Dominik leuchtete den Boden ab, der aus großen, quadratischen Steinplatten bestand. Er vermutete eine Falltür, die nach oben aufgezogen werden musste. Dunkle Rillen zwischen den Platten wären ein Hinweis auf eine versteckte Klapptür gewesen. Doch alle Rillen waren gleich gelbgrau.

Axel lachte verlegen. „Nur so eine Frage: Der Vampir … könnte nicht vielleicht echt gewesen sein?"

Lilo tippte sich an die Stirn. „Es gibt keine echten Vampire. Außerdem müsste der Vampir eine Spezialcreme verwenden, er ist nämlich ans Tageslicht gegangen, das doch normalerweise Vampire verbrennt. Schon vergessen?“

„Weiß ich auch!“, knurrte Axel, der es nicht leiden konnte, von Lilo belehrt zu werden.

Hinter den drei Knickerbocker-Freunden sog jemand heftig die Luft ein. Erschrocken drehten sie sich um.

SELTSAME BEGEGNUNG

Wie aus dem Boden gewachsen war eine Frau hinter ihnen aufgetaucht. Ihre Augen waren weit aufgerissen, als hätte sie Lilo, Axel und Dominik bei etwas Furchtbarem ertappt.

Eine Weile lang standen sich die drei Freunde und die Frau Auge in Auge gegenüber, ohne ein Wort zu sprechen.

„Wer seid ihr?“, fragte sie mit heiserer Stimme.

Axel öffnete den Mund, um zu antworten, aber Lilo versetzte ihm einen heftigen Stoß mit dem Ellbogen.

Aufmerksam musterte sie die Frau. Sie war hochgewachsen und hager. Pullover und Rock schlotterten an ihr, als wären die Kleider mindestens zwei Nummern zu groß. Das blasse Gesicht wurde von stark gekräuseltem Haar umrahmt, das links und rechts ungepflegt auf die Schultern fiel.

„Die versteckt was unter dem Pulli“, murmelte Axel. Die Frau hatte die Arme vor der Brust gekreuzt und drückte sie gegen ihren Bauch. Unter dem flauschigen Material des Pullovers zeichnete sich etwas Eckiges ab, das die Größe einer Zigarrenkiste hatte.

„Wer seid ihr?“, fragte die Frau erneut.

Statt zu antworten, wollte Lilo wissen: „Wo sind Sie gerade hergekommen?“

Mit dem Kopf deutete die Frau auf einen Wandteppich, der ein düsteres Kellergewölbe zeigte.

„Was soll das heißen?“, forschte Lilo weiter. „Sie können doch nicht einfach aus dem Bild gesprungen sein.“

„Gang ... dahinter“, presste die Frau heraus.

Axel warf Lilo einen fragenden Blick zu. Sie nickte und er lief zum Wandteppich, um zu prüfen, ob sie die Wahrheit sagte.

„He, hier ist tatsächlich ein Schlitz im Teppich“, meldete er kurze Zeit später aufgeregt. „Und dahinter beginnt ein Gang.“

Damit war das Rätsel um das Verschwinden des Vampirs gelöst.

„Nehmen Sie auch an dieser Suche nach dem

Gold des Grafen Drakul teil?“, wagte Dominik zu fragen.

Ein kurzes Nicken war die Antwort.

Fieberhaft sah sich die Frau um. Sie wirkte gehetzt, als wäre jemand hinter ihr her.

„Alles in Ordnung?“, erkundigte sich Lilo.

„Es kommt jemand den Gang entlang“, zischte Axel warnend.

Die Frau zuckte, als hätte sie gerade einen Eimer eiskaltes Wasser über den Kopf geschüttet bekommen. Die Arme noch immer an die Brust gepresst, hetzte sie auf einen anderen Teppich zu. Mit der Schulter öffnete sie den Schlitz, der auf den ersten Blick unsichtbar gewesen war, und schob sich hindurch.

„Und was sollen wir jetzt tun?“, fragte Dominik zitternd.

Lilo wählte einen anderen Teppich und tastete mit der Hand nach der Öffnung. Sie hatte sie schnell gefunden, zog einen Teil des Teppichs zur Seite und bedeutete Axel und Dominik, so rasch wie möglich zu ihr zu kommen. Kaum waren die beiden durchgeschlüpft, folgte ihnen Lilo. Sie ließ den Schlitz wieder zufallen. Durch einen winzigen Spalt, der geblieben war, konnte sie in den Raum spähen, den sie gerade verlassen hatten.

Suchend sahen sich Dominik und Axel um. Wo befanden sie sich jetzt überhaupt?

Es schien ein Durchgang zu sein, der nach einigen Metern zu einer Treppe führte, die steil nach unten ging. Links und rechts waren auf steinernen Säulen Grablaternen befestigt, in denen orangerote Lichter flackerten.

„Der Vampir", hauchte Lilo. „Er … er läuft wieder runter."

Die Knickerbocker warteten ungeduldig, bis sie sicher sein konnten, dass der Vorsprung des Vampirs groß genug war. Dann kamen sie aus ihrem Versteck und liefen so schnell sie konnten zur Wendeltreppe.

Von unten kam das Geräusch des Aufsperrens.

Die drei schöpften Hoffnung.

Sie hörten, wie die Tür geöffnet wurde und quietschend wieder zufiel.

War er draußen? Oder lauerte er unten auf sie?

„Ich will raus", zischte Axel und begann, die Wendeltreppe hinunterzuhasten. Von der letzten Stufe aus leuchtete er den Vorraum ab.

Kein Vampir weit und breit!

Er griff nach dem Knauf und zog die Tür auf. Das Quietschen der Angeln ging ihm durch Mark und Bein und bescherte ihm eine Gänsehaut.

Axel pfiff einmal lang und zweimal kurz. Hoffentlich hörte ihn Poppi.

Einmal lang, einmal kurz lautete ihre gepfiffene Antwort.

Axel hatte gefragt: „Ist die Luft rein?"

Poppi hatte mit Ja geantwortet.

Lilo und Dominik folgten ihrem Freund. Axel winkte ihnen, sich zu beeilen, und schlich ins Freie. Wo die tiefe Nische endete, sah er hastig nach links und rechts.

Niemand war zu sehen.

Er steuerte nach links, in die Richtung, aus der sie gekommen waren.

„Da seid ihr ja endlich", seufzte Poppi erleichtert. Sie stand hinter einem vorspringenden Stützpfeiler an der rauen Mauer des Schlosses.

Die anderen drei pressten sich neben sie.

Axel schob vorsichtig den Kopf vor und hielt Ausschau nach dem Mann mit dem schwarzen Umhang.

„Er steht unter der Trauerweide", flüsterte ihm Poppi zu.

Während Lilo ihrer Freundin leise berichtete, was sie erlebt hatten, ließ Axel den Baum mit den Ästen, die bis zum Boden herabhingen, nicht aus den Augen.

Wie ein Perlenvorhang wurden die Zweige auseinandergeschoben und der Mann im schwarzen Umhang trat heraus.

Axel beugte sich so weit zurück, dass er selbst nicht gesehen werden konnte, trotzdem aber noch den Unbekannten sah.

Zum ersten Mal konnte er einen Blick auf das Gesicht des Mannes werfen.

Es war weiß. Weiß wie eine Wand. Weiß wie ein Bettlaken. Die Augen umgaben tiefe, dunkle Schatten. Die Lippen waren schwarz und dünn wie ein Strich.

Mit energischen Schritten eilte der Vampir auf die kleine Pforte zu. Wo die Nische begann, blieb er ruckartig stehen und blickte prüfend in alle Richtungen. Er wirkte misstrauisch und alarmiert.

Axel hatte sich ganz zurückgelehnt und den Kopf an die Mauer gepresst. Seine Knie schienen aus Pudding zu bestehen. Mit angehaltenem Atem wartete er und hoffte inständig, der Vampir möge ins Schloss zurückkehren.

Oder hat er mich doch gesehen? Diese Frage raste ihm immer wieder durch den Kopf.

Das Quietschen der Tür war zu hören. Ein dumpfes *Wumm* zeigte an, dass sie ins Schloss gefallen war.

Erleichtert atmete Axel auf. Als er sich zu den anderen umdrehte, konnte er sich ein Lächeln nicht verkneifen. Dominik, Lilo und Poppi hatten sich genauso flach gemacht wie er. Fragend blickten sie ihn an.

„Er ist anscheinend wieder drinnen", raunte ihnen Axel zu.

„Ich weiß nicht, wie es euch geht, aber ich habe fürs Erste genug. Ich will zurück auf unser Zimmer", flüsterte Lilo ganz heiser.

„Geht mir auch so!", stimmte Dominik ihr zu.

Poppi war bereits losgeschlichen. Axel hatte ebenfalls nichts dagegen einzuwenden.

Von der Landstraße aus warfen sie einen letzten Blick auf das Schloss.

Die Sonne war mittlerweile völlig hinter den Wipfeln des nahen Waldes verschwunden, das Blutrot des Himmels wurde immer dunkler und würde bald in das Dunkelblau der Nacht übergehen.

Auf einmal kamen Lilo Zweifel: Hatte sie Axel vorhin Unrecht getan? Erwachten Vampire nicht bei Sonnenuntergang? Die Sonne war doch gerade hinter dem Horizont verschwunden, als sie gekommen waren. Konnte es sich bei dem Mann im schwarzen Umhang tatsächlich um einen Vampir handeln? Oder vielleicht um einen normalen Menschen, der aber von der Idee besessen war, in Wahrheit ein Vampir zu sein?

Was hatten die dreizehn Särge in der Gruft zu bedeuten?

Und die ängstliche Frau? Was hatte sie unter ihrem Pulli versteckt? Vor wem war sie geflüchtet?

Und vor allem: Was war mit Luna geschehen?

DER SOHN DES TEUFELS

Die Knickerbocker holten ihre Fahrräder aus einem Gebüsch am Rande der Zufahrtsstraße. Es waren ziemlich alte, verbogene, klapprige Räder, mit denen die vier daheim bestimmt nie gefahren wären.

Auf der Rückfahrt in den Ort radelte Dominik mit Lilo auf gleicher Höhe.

„Wir befinden uns in Transsilvanien", sagte er so, als könnte er es noch immer nicht ganz glauben. „Ich muss zugeben, ich habe erst durch Lunas Einladung entdeckt, dass es Transsilvanien tatsächlich gibt. Vorher habe ich es für einen erfundenen Ort gehalten."

Lilo lächelte. Ihr war es ebenso ergangen.

Transsilvanien war ein Landstrich in Rumänien, einem schönen, aber sehr armen Land. Viele Jahre lang war die Bevölkerung von einem Diktator unterdrückt worden, einem wahren Schreckensherrscher. Schließlich hatte man ihn gestürzt, doch die Armut war geblieben.

Die kleine Stadt – eigentlich war es fast nur ein Dorf –, in der sich der Gasthof befand, bestand aus vielen alten Häusern. Die meisten waren weiß gestrichen und hatten hohe dunkle Dächer, die sie ein bisschen wie Riesenpilze aussehen ließen.

Die vier Knickerbocker bewohnten Zimmer im Gasthof *Zum blauen Ochsen.* Sie befanden sich in einem Nebengebäude, waren winzig und ungemütlich. Das Bettzeug roch nach Küchendunst und war feucht und klamm, die Matratzen hingen fast bis zum Boden durch. Außer zwei riesigen Betten gab es in jedem Raum nur einen mächtigen dunklen Eichenschrank, der an einen bulligen Muskelprotz erinnerte.

Statt eines Badezimmers hatten die vier Knickerbocker in jedem Zimmer eine Waschschüssel und einen Krug mit kaltem Wasser vorgefunden. Die Handtücher, die an Ständern hingen, waren hart und kratzten auf der Haut wie Schmirgelpapier.

Die Knickerbocker-Bande regte sich über all das aber nicht auf. Die Wirtsleute waren nämlich ganz besonders freundlich und bemühten sich sehr um sie. Beide sprachen Deutsch, da sie von deutschen Familien abstammten, die vor vielen Jahren in Rumänien eingewandert waren. Sie taten alles, um die vier jungen Gäste zu verwöhnen. Allerdings waren sie arm, wie alle anderen Bewohner des Dorfes.

Im Hof stellten die vier Freunde die schweren Räder neben einem Fass ab, aus dem ein säuerlicher Geruch strömte. Mit einer Hand hielt sich Axel die Nase zu, mit der anderen hob er den Holzdeckel des Fasses.

„Sauerkraut“, stellte er überrascht fest. „Habe noch nie ein ganzes Fass davon gesehen.“

Es war mittlerweile dunkel geworden. Durch die gelblichen Butzenscheiben der Gaststube fiel ein schwacher Lichtschimmer.

„Wie geht es euch? Ich habe ziemlichen Kohldampf!“, sagte Lilo.

„Ein bisschen was kann ich schon vertragen“, meinte Poppi.

„Ich auch, aber ich möchte vorher noch mal versuchen, Luna zu erreichen.“ Axel sah Dominik fragend an, denn ihm gehörte das Handy. Dominik öffnete die Tür, hinter der sich der Aufgang zu den Zimmern befand.

„Geht voraus, wir kommen gleich nach.“

In der Gaststube duftete es herrlich nach Essen.

Hinter der Theke stand Herr Chagill, der Wirt, und putzte Gläser. Als die beiden Knickerbocker eintraten, rief er in Richtung Küche: „Martha, die Kinder sind zurück. Bring das Essen, sie sehen so hungrig aus wie die Wölfe."

„Guten Abend!", grüßten Lilo und Poppi.

„Wie war eure Radtour? Habt ihr euch das Drakula-Schloss angesehen?", erkundigte sich der dicke Wirt.

„Ja ... wir waren dort", antwortete Lilo nach kurzem Zögern. Sie wollte herausfinden, was Herr Chagill über das Schloss wusste.

Aus der Küche kam seine Frau. Dominik hatte ihr bereits am ersten Abend den Spitznamen „Fässchen" gegeben, da sie ihn ein bisschen an ein Fass erinnerte. Frau Chagill hatte kein Doppel-, sondern ein Dreifachkinn und kurze, speckige Finger.

Wenn die vier Knickerbocker mit großem Appetit aßen, strahlte die Wirtin, als hätte sie sechs Richtige im Lotto.

„Lasst es euch schmecken!", sagte sie glucksend und stellte zwei große Schüsseln auf den Tisch. In einer türmten sich goldgelbe Bratkartoffeln, in der anderen lagen vier dünne Würstchen.

„Mehr habe ich leider nicht", fügte sie entschuldigend hinzu.

Als kurz danach Dominik und Axel sich zu ihnen setzten, sagte ihr Gesichtsausdruck alles.

„Du hast sie nicht erreicht, stimmt's?", fragte Lilo Axel.

„So ist es!"

Die beiden Jungen schaufelten sich Bratkartoffeln auf die Teller und begannen hungrig zu essen.

Mit vollem Mund fragte Axel die anderen: „Hat einer von euch einen blassen Schimmer, was sich in diesem Schloss abspielt?“

Allgemeines Kopfschütteln.

Lilo legte die Gabel kurz weg und meinte: „Ich glaube eigentlich nicht, dass den Teilnehmern an dieser Schatzsuche etwas Schreckliches geschieht.“

Poppi hob fragend die Augenbrauen. „Was macht dich da so sicher?“

„Dieser komische Graf Drakul wäre doch nicht im Fernsehen aufgetreten, wenn er krumme Dinge planen würde. Dann hätte er schließlich gleich die Polizei anrufen und sagen können: Bitte, kommt und schnappt mich!“

Dominik war anderer Meinung. „Keiner weiß, wer dieser Kerl wirklich ist.“

„Vielleicht ist bei Spielbeginn allen Schatzsuchern ganz einfach das Handy weggenommen worden, damit sie nicht mogeln können, so wie Luna das eigentlich vorgehabt hat“, sagte Axel.

„Und was ist mit dem Vampir? Hast du den vergessen?“, fragte ihn Poppi.

Axel schüttelte den Kopf. „Es gibt da außerdem die dreizehn Särge. Wozu sind die da? Was ist drin?“

„Frag lieber, was hineinkommen soll!“, sagte Dominik mit gesenkter Stimme.

„Irgendwie muss es doch möglich sein, in dieses Schloss zu gelangen", überlegte das Superhirn. „Ich will unbedingt rein und mit Luna reden. Ist alles in Ordnung, können wir uns abregen. Sollte aber irgendeine krumme Sache laufen, dann müssen wir etwas unternehmen."

„Und wie sollen wir das anstellen?", wollte Axel wissen. „Möchtest du an dieser Pforte lauern, bis der Vampir wieder herauskommt?"

„Nein, das kann es nicht sein." Lilo seufzte.

Dominik winkte Herrn Chagill und bat ihn, sich zu ihnen zu setzen.

„Waren Sie schon einmal in diesem Drakula-Schloss?", fragte er ihn sofort.

Der Wirt wischte sich die Hände an der fleckigen Schürze ab und lachte trocken. „Gott behüte, nein, war ich nicht. Aber ich habe auch gar keine Lust dazu. Das Schloss ist als eine Art Gruselkabinett gebaut worden und dafür habe ich wenig übrig."

Seine Frau trat neben ihn, legte ihm die Hand auf die Schulter und kicherte: „Mein Joki ist ein kleiner Angsthase, müsst ihr wissen. Wenn es in der Nacht im Hof klappert, muss immer ich ans Fenster gehen und nachsehen, was los ist."

Lilo und Poppi grinsten breit. Herr Chagill aber machte eine energische Handbewegung, um seine

Frau zum Schweigen zu bringen. Ihm war das, was sie sagte, sehr peinlich.

„Stimmt alles nicht", erwiderte er mit hochrotem Gesicht.

„Moment, wieso wurde das Schloss wie ein Gruselkabinett gebaut?", forschte Dominik weiter.

Frau Chagill stieß ihren Mann mit der Hüfte zur Seite, damit er ihr auf der Bank Platz machte, und ließ sich nieder.

„Das ist so: Einen Graf Drakula hat es nie gegeben", sagte sie.

Dominik nickte. „Er ist die Erfindung des irischen Schriftstellers Bram Stoker."

„Richtig! Aber es gibt ein Vorbild für Drakula. Nämlich Vlad Tepes. Er war vor über fünfhundert Jahren Herrscher der Walachei. Es gibt keinen Beweis dafür, dass er ein Vampir war. Sicher ist aber, dass er sehr blutrünstig und grausam war. Was er mit seinen Feinden getan hat, ist so schrecklich …" Frau Chagill schüttelte sich schon beim Gedanken daran.

Die Knickerbocker verzichteten darauf, sich nach Einzelheiten zu erkundigen.

Die Wirtin nahm Lilos Wasserglas und trank es in einem Zug leer. „Graf Drakul, der Erbauer des Schlosses, war mit Vlad Tepes nicht einmal verwandt. In Wirklichkeit kam er aus England und war nur ein begeisterter Leser der Drakula-Romane. Vor ungefähr hundert Jahren ließ er sich dann dieses Schloss bauen."

„Verstehe!", sagte Lilo interessiert.

„Das Schloss soll sehr unheimlich sein. Es gibt Geheimgänge, versteckte Zimmer, Türen, die wie von Geisterhand bewegt auf- und zugehen, Kronleuchter, die herunterfallen, Lichter, die auf rätselhafte Weise aus- und angehen, und vieles mehr", fuhr Frau Chagill fort. „Alles eben, was für ein richtiges Gruselkabinett nötig ist."

Ihr Mann holte tief Luft und versuchte, auch einmal zu Wort zu kommen.

„Der Engländer hat es geliebt, seine Freunde einzuladen und mit ihnen Gruselfeste im Schloss zu feiern. Seinen richtigen Namen haben wir vergessen. Er selbst hat sich immer Graf Drakul genannt", erklärte der Wirt.

„Aber das ist doch schon so lange her. Dieser Graf Drakul kann doch längst nicht mehr leben", meinte Axel.

Die Wirtin nickte und sagte: „Das Schloss hat immer wieder eine Zeit lang leer gestanden. Alle paar Jahre sind neue Leute gekommen und haben einige Wochen dort verbracht. Der neue Graf Drakul, der das Schloss jetzt bewohnt, ist vor einem Jahr aufgetaucht."

„Was wissen Sie über ihn?", fragten die Knickerbocker gespannt.

Herr und Frau Chagill sahen einander an und zuckten dann mit den Schultern.

„Nicht viel. Wir wissen nur, dass er sich wieder Graf Drakul nennt. Ein paar Leute aus dem Dorf haben im Schloss einiges reparieren und herrichten müssen und sind gut bezahlt worden. Sie haben erzählt, wie gruselig es drinnen ist", antwortete die Wirtin.

Ihrem Mann fiel noch etwas ein: „Vor einigen Wochen sind viele Lastwagen durch das Dorf zum Schloss gefahren. Auf allen war ein buntes Zeichen. So ein verschlungenes Ding aus roten, grünen und blauen Balken. Sie kamen und fuhren am nächsten Tag wieder fort."

„Bleibt noch immer die Frage, wie wir in das Schloss kommen." Nachdenklich knetete Lilo ihre Nasenspitze. Sie bildete sich immer ein, dadurch ihre Grübelzellen besonders gut zum Rotieren zu bringen.

„Kinder, bleibt draußen! Das Schloss ist wirklich nichts für euch!", warnte sie Frau Chagill. „Ihr würdet euch bestimmt nur fürchten."

„Wir haben schon ganz anderes erlebt“, meinte Axel großspurig.

Unter dem Tisch versetzte Lilo ihm einen Tritt. Luna hatte die Wirtsleute nämlich beauftragt, ein wachsames Auge auf die Bande zu werfen. Herr und Frau Chagill durften nicht unnötig beunruhigt werden. Sonst nahmen sie das mit dem Aufpassen vielleicht zu ernst.

Satt und müde lehnten sich die vier Freunde zurück. Keiner sprach es aus, aber alle wussten es: Ihre Neugier auf das Schloss des Grafen Drakul war noch größer geworden. Sie mussten hinein. Unbedingt. Kein Weg war ihnen zu beschwerlich und jedes Mittel recht.

NÄCHTLICHER NOTRUF

In dieser Nacht schliefen alle vier schlecht. Durch ihre Träume geisterten Fledermäuse, die sich in Vampire verwandelten, und Frauen, die kleine Kistchen unter dem Pulli versteckten, die auf einmal zu Särgen heranwuchsen.

Unruhig warf sich Dominik hin und her. Das Gestell des Holzbettes knarrte und ächzte so laut, dass Axel aufwachte. Er fasste hinüber auf Dominiks Seite und rüttelte ihn an der Schulter.

„Wa… is… enn?“, murmelte der Freund schlaftrunken und stieß die Hand weg.

Vom Hof kam ein lautes Geräusch. Etwas schien umgefallen zu sein.

Dort unten ist jemand, schoss es Axel durch den Kopf.

Wieder rüttelte er Dominik, aber diesmal, um ihn zu wecken.

„Lass mich … schlafen", knurrte es unter der dicken Bettdecke. Gleich darauf war ein regelmäßiges Schnarchen zu hören.

„Schnarchnase", zischte Axel.

Ein Lichtschein tanzte über die Mauer des gegenüberliegenden Hauses.

Axel schlüpfte leise aus dem Bett, huschte geduckt zum offenen Fenster und spähte hinab.

Im Hof war tatsächlich jemand. Axel sah einen Mann in einer schwarzen Jacke, der eine Stirnlampe trug.

Der Kerl klopfte an die Tür der Wirtsstube und wartete. Es dauerte, bis drinnen ein Schlüssel gedreht wurde und Herr Chagill öffnete.

„Guten Abend", hörte Axel den Mann leise grüßen. „Ich komme vom Schloss. Ist die Bestellung fertig?"

Höchst interessant, dachte Axel. Wieso tun die Chagills so, als wüssten sie von nichts, wenn sie sogar für Graf Drakul arbeiten?

Und was war wohl bestellt worden?

„Kommen Sie rein!" Der Wirt zog den Mann in die Gaststube und warf einen prüfenden Blick in den Hof. Für Axel sah es aus, als fürchte er heimliche Beobachter. Leider schloss Herr Chagill die Tür und drehte innen den Schlüssel. Was er dem Mann übergab, war also nicht zu erkennen.

Axel überlegte gerade, ob er ins Mädchenzimmer gehen und Lilo wecken sollte, als die Tür im Hof wieder geöffnet wurde. Der späte Gast trat mit einem Sack über der Schulter heraus. Der Inhalt schien schwer zu sein, denn der Mann ging leicht nach vorn gebückt.

„Übermorgen das Gleiche wieder“, erinnerte er Herrn Chagill. „Haben Sie sich das gemerkt?“

„Ja, selbstverständlich!“ Chagill kam aus dem Gasthaus und schob den Mann über den Hof.

„Haben Sie noch genug Material?“

„Ja!“ Der Wirt schien es sehr eilig zu haben, den Mann zu verabschieden. Er öffnete ihm einen Flügel des Tores, das auf die Straße führte.

„Seien Sie leise, damit die Nachbarn nichts bemerken. Es muss keiner wissen, dass wir für Sie arbeiten.“

„Ich habe nicht vor, gleich loszubrüllen“, knurrte der Mann kopfschüttelnd.

„Höchst interessant“, murmelte Axel vor sich hin und verkroch sich wieder unter der Bettdecke.

Was hatte der Mann geholt?

Am nächsten Morgen erzählte Axel seinen Freunden sofort von der nächtlichen Beobachtung.

Lilo streckte sich und gähnte laut.

„Merkwürdig ist das Ganze schon", gab sie ihrem Knickerbocker-Kumpel Recht.

„Los, wir knöpfen uns die Chagills vor", sagte Axel fest entschlossen.

Dominik schüttelte den Kopf. „Das hat doch keinen Sinn. Wenn sie uns gestern Abend nichts verraten haben, werden sie es heute bestimmt auch nicht tun."

„Sie scheinen sehr darauf bedacht zu sein, dass niemand davon erfährt!", stimmte Lilo ihm zu.

Axel mochte es nicht, wenn seine Vorschläge abgelehnt wurden. Er verschränkte die Arme vor der Brust und machte ein beleidigtes Gesicht.

„Na gut, was wollt ihr denn dann unternehmen?", sagte er.

„Ich versuche erst einmal, Luna anzurufen!" Dominik schaltete das Handy ein. Er musste einen Code eingeben, damit er telefonieren konnte. Gerade als er wählte, gab das Handy einen Piepston von sich. Das Symbol eines kleinen Briefes erschien auf dem Display.

„Ich habe eine Nachricht auf meiner Mailbox!", stellte Dominik überrascht fest.

Wieder drückte er wild auf den Tasten herum. Er winkte den anderen, näher zu kommen. Nachdem er das Handy auf laut gestellt hatte, konnten sie mithören.

Lunas Stimme kam aus dem Apparat. Sie klang sehr aufgeregt und gehetzt. Keuchend erklärte sie: „Sie haben mir am ersten Tag mein Handy abgenommen, als ich gekommen bin. Daher konnte ich mich nicht melden. Ihr müsst kommen. Schnell. Ins Schloss. Was hier abläuft, ist … ist Wahnsinn. Ich … habe keine Ahnung, was das soll. Aber ich gebe nicht auf. Auch wenn es noch so schrecklich wird.

Denn ich will diesen verdammten Schatz finden. He, aber ich wäre sehr froh, wenn ihr auch hier wärt. Also denkt euch was aus. Bitte. Und zwar schnell. Weil ... es sind bereits zwei ver..."

An dieser Stelle brach die Nachricht ab.

„Zwei sind bereits *was*?", fragte Poppi ängstlich. „Was ist mit denen geschehen?"

„Ver...? Ver...? Ver-lassen! Ver-gessen! Ver-wandelt!" Lilo sah die anderen Rat suchend an. „Welche Verben gibt's denn noch mit ‚ver' am Anfang?"

„Wie wär's mit verschwunden?", schlug Axel vor.

„Es sind bereits zwei *verschwunden?*", wiederholte Dominik entsetzt. „Wohin? Was ist mit ihnen geschehen?"

Lilo fielen sofort die Särge ein, die Nummern von eins bis dreizehn trugen.

Axel fuhr sich mit den gespreizten Fingern immer wieder durch seinen struppigen Haarschopf.

„Ich kenne Luna noch nicht sooo lange. Aber doch schon seit einigen Monaten. Und normalerweise ist sie immer völlig cool und relaxed. Die bringt nichts aus der Ruhe." Grinsend erinnerte Axel sich: „Zuerst wollte ich ganz einfach nicht, dass mein Vater eine neue Freundin hat. Ich habe ihr Plastikspinnen ins Bett gelegt und einen großen Löffel gehackter Chilischoten ins Abendessen gerührt. Über die Spinne hat sie sich schiefgelacht und das Essen hat sie völlig gelassen verspeist, obwohl sie danach bestimmt Feuer speien konnte, weil es so scharf war."

„Also ruhig hat sie sich eben nicht gerade angehört", stellte Lilo nachdenklich fest. „Im Schloss muss irgendeine ziemlich schräge und seltsame Sache laufen."

Dominik bekam seine dicke Denkfalte auf der Stirn. „Bleibt die Frage, wie wir hineinkommen!", sagte er.

„Zuerst frühstücken, dann denken!", entschied Lilo. Die anderen waren einverstanden.

Die Wirtsleute waren freundlich wie immer. Frau Chagill servierte den vier Knickerbockern frisch gebackenes, duftendes Brot und dazu Milchkaffee. Die Marmelade war zäh und klebrig wie Kleister und deshalb nahmen die vier lieber nur Butter auf ihre Brote.

Auf einmal hielt Axel im Kauen inne und sah Dominik fragend an: „Wenn Luna das Handy abgenommen wurde, wie hat sie dich dann anrufen können?"

„Irgendwo im Schloss muss es ein Telefon geben und das scheint sie benutzt zu haben", kombinierte Dominik.

Poppi schluckte heftig. „Aber der Anruf ist mitten im Satz abgebrochen. Das bedeutet, sie könnte überrascht worden sein. Was ist dann wohl mit ihr geschehen?"

Die anderen hörten gleichzeitig auf zu essen.

„Wir werden es herausfinden", sagte Lilo bestimmt.

GEHEIMNISVOLLES AUFTAUCHEN

Es war ein sonniger Sommertag. Nach dem Frühstück holte die Bande die klapprigen Fahrräder, um eine Runde durch das Dorf zu drehen. Sie verließ den Hof durch den hinteren Ausgang, den in der Nacht auch der Mann benutzt hatte. Die Straße davor war nur geschottert und sehr staubig.

„Interessant", murmelte Axel. Er hockte sich hin und betrachtete eingehend den Sand entlang der Hausmauer.

„Würdest du uns bitte an deinen Erkenntnissen teilhaben lassen?", sagte Dominik.

„Würdest du bitte nicht immer so geschraubt reden, Herr Professor?", feuerte Axel zurück.

„Ich pflege mich nur gewählt auszudrücken. Was stört dich daran?", erwiderte Dominik gelassen.

Axel verdrehte die Augen und schnaubte wie ein wütender Stier.

„Es stört mich nicht, es macht mich nur wild. Und wenn du heute nicht im nächsten Teich landen willst, samt Klamotten, dann quatschst du einmal so wie wir alle und nicht kariert. Kapiert?"

Dominik grinste und spielte weiter den Ruhigen. Er wusste, dass er Axel damit am meisten ärgern konnte.

„Noch immer hast du uns nicht mitgeteilt, was dein Erstaunen auf diesem staubigen Boden erregt hat."

„Stellt ihn ab! Wo ist der *Aus*-Schalter!", jaulte Axel.

Lilo verschränkte die Arme vor der Brust und lächelte.

„Könnten die Herren bitte mit diesem Hickhack aufhören und uns erklären, worum es eigentlich geht. Sobald wir es wissen, können Poppi und ich das Denken übernehmen. Darin sind wir Mädchen nämlich zweifellos stärker", sagte sie.

Alle vier brachen in schallendes Gelächter aus.

„Genug gealbert, Axel, was hast du wirklich gefunden?", wollte Lilo wissen.

„Eine Reifenspur. Der Typ war heute mit einem Auto da", berichtete der Knickerbocker. „Der Breite der Reifen nach scheint es sich um eine Art Geländewagen zu handeln. Jedenfalls etwas Größeres und nicht irgend so ein Winzling-Auto."

„Gut zu wissen!", meinte Lilo. „Denkst du an das Gleiche wie ich?"

Poppi schien die Gedanken der beiden lesen zu können. „Ihr wollt doch nicht …?"

Axel und Lilo nickten.

„Doch", sagte Lilo, „wir könnten uns das nächste Mal, wenn der Wagen kommt, hinten auf der Plattform oder im Kofferraum verstecken. Auf diese Weise würden wir ganz bestimmt in das Schloss gelangen."

„Aber das wäre erst morgen!", gab Dominik zu bedenken. „Es muss doch noch einen anderen Weg geben!"

Die Bande schwang sich auf die Fahrräder und fuhr los. Wie immer preschte Axel voran. Ihm folgten Lilo, dann Poppi und mit großem Abstand Dominik.

Auf der Straße waren keine Leute unterwegs. Da und dort ergriffen ein paar Hühner flatternd und laut gackernd die Flucht, als die Knickerbocker-Bande kam.

Die Häuser waren staubig, manche hatten Löcher im Dach und bei einer ganzen Reihe von ihnen waren kaputte Fensterscheiben einfach durch Holzplatten ersetzt worden.

Am Rande des Dorfes begannen weite Felder, auf denen die Bewohner arbeiteten. Die Bande stieß auch auf mehrere sorgfältig angelegte Gemüsegärten, in denen Frauen die Erde lockerten, Unkraut zupften und Karotten ernteten.

Dann ging alles sehr schnell.

Völlig überraschend sprang eine Katze auf die Straße, direkt vor Poppis Rad. Poppi riss die Lenkstange zur Seite, kam ins Schlingern und verlor das Gleichgewicht.

Dominik, der ausnahmsweise dicht hinter ihr war, zog beide Bremsen gleichzeitig. Das Vorderrad blockierte und Dominik wurde über die Lenkstange geschleudert. Klirrend landeten die Fahrräder auf dem Boden. Wimmernd lagen Poppi und Dominik dazwischen.

Axel und Lilo blieben stehen. Als sie sahen, was geschehen war, drehten sie um und kamen ihren Freunden zu Hilfe.

„Alles in Ordnung?“, erkundigten sie sich besorgt.

Dominik schob das rechte Hosenbein hoch. Sein Knie blutete stark. Poppi hatte sich am Ellenbogen verletzt.

„Aber der Katze ist nichts passiert“, sagte sie erleichtert. Das Tier saß verschreckt in einiger Entfernung und beobachtete alles in geduckter Haltung.

„Ihr solltet die Wunden besser säubern und versorgen lassen“, meinte Lilo. „Kommt, wir fahren zurück zu den Chagills.“

Ächzend erhob sich Dominik. Er hinkte leicht. „Das schaffen wir auch allein. Seht euch lieber weiter um und sucht nach einem Zugang zum Schloss!“

„Wenn ihr meint! Dann treffen wir uns später im Gasthof. Einverstanden?“ Lilo sah die beiden jüngeren Bandenmitglieder fragend an.

„Ja, ja, einverstanden!“, murmelte Poppi und hob ihr Fahrrad auf.

Schweigend fuhren Dominik und sie zum Gasthof zurück. Wieder benutzten sie den hinteren Hofeingang. Nachdem sie die Räder abgestellt hatten, wollten sie in die Gaststube gehen.

Das Küchenfenster stand einen kleinen Spaltbreit offen. Frau Chagill schien Essen vorzubereiten und summte ein Lied.

Dominik legte den Finger auf die Lippen und schlich auf Zehenspitzen zum Fenster im Erdgeschoss. Er presste sich an die Hauswand und spähte in die Küche.

Ihm blieb die Luft weg.

Poppi erging es nicht anders, als er ihr seinen Platz überließ.

Völlig verwirrt sahen die beiden einander an.

Lilo und Axel waren auf einer anderen Straße wieder in das Dorf zurückgekehrt. Gleich nach der Einfahrt kamen sie an einem buttergelb gestrichenen Haus vorbei. Eine Gruppe von Jungen und Mädchen spielte davor. Als sie die beiden Knickerbocker sahen, winkten sie ihnen zu und lachten.

„Scheint eine Schule zu sein", stellte Lilo fest. „Wir haben zwar Ferien, aber trotzdem würde ich ganz gerne reingehen."

Axel verstand den Grund nicht.

Als sie durch die Tür im Zaun traten, wurden sie sofort von Kindern umringt. Die Jungen und Mädchen redeten auf die beiden Knickerbocker in einer Sprache ein, die Axel und Lilo nicht verstanden.

Ein alter grauhaariger Mann tauchte im Eingang des Hauses auf. Er wirkte ein bisschen tattrig und stützte sich auf einen Gehstock.

„Guten Tag!", riefen ihm die Knickerbocker zu. „Sprechen Sie Deutsch?"

„Das tue ich", erwiderte der Mann mit ruhiger, rauer Stimme. „Wer seid ihr? Kommt ihr zu mir in die Schule?"

„Nein, wir sind nur zu Besuch im Dorf und wohnen im *Blauen Ochsen*." Axel und Lilo gingen auf das Haus zu, wo der Mann stand und sich an einer Holzsäule der Veranda festhielt.

„Wir sind ganz begeistert von diesem Drakula-Schloss!", sagte Lilo. „Wissen Sie mehr darüber?"

Der Mann, der wohl der Lehrer der Dorfschule war, nickte bedächtig.

„Natürlich, ich weiß sogar eine ganze Menge. Mein Urgroßvater hat es nämlich geplant und erbaut. Mein Großvater hat selbst am Bau mitgearbeitet und mir oft davon erzählt."

„Stimmt es, dass drinnen alles so gruselig ist?", wollte Axel wissen.

„Damals war es das. Was die neuen Besitzer geändert haben, weiß ich nicht!" Der Lehrer ließ sich auf einen Holzstuhl sinken und bot den Knickerbockern zwei Hocker an.

Was er über das Schloss des Grafen Drakul zu berichten hatte, war für Axel und Lilo nicht wirklich neu. Trotzdem taten sie so, als würden sie alles zum ersten Mal hören. Vielleicht war doch etwas dabei, das für sie wichtig sein konnte.

„Eine Zeit lang ging das Gerücht im Dorf um, dieser Engländer sei ein echter Vampir", erzählte der Dorflehrer. „Er tauchte nämlich auf völlig un-

erklärliche Weise an verschiedenen Plätzen des Dorfes auf. Niemand wusste, woher er kam. Er war plötzlich da. Zum Beispiel in der Wirtsstube des *Blauen Ochsen.* Jeder schwor alle Eide, dass er durch keine Tür gekommen war. Trotzdem stand der Graf mitten unter den Leuten."

„Wie war das möglich?", fragten die Knickerbocker im Chor.

Der alte Lehrer schmunzelte geheimnisvoll. „Das wollt ihr wohl gerne wissen. Aber soll ich euch das überhaupt verraten?"

TOTE MÄUSE

Noch einmal warf Poppi einen schnellen Blick in die Küche.

Nein, sie hatte sich vorhin nicht geirrt. Frau Chagill stand tatsächlich an dem Holztisch mit der dicken, wurmstichigen Platte und knetete Teig, aus dem sie kleine Gebäckstücke formte.

Und dann kam es: Immer wieder griff sie in einen Karton und holte etwas heraus. Einmal war es eine fette Spinne, einmal eine tote Maus und dann wieder eine kleine Schlange. Sie steckte die Tiere in den Teig und legte das Gebäck auf ein Backblech.

Dominik tat so, als müsste er sich übergeben. Auch Poppis Magen krampfte sich zusammen.

„In unserem Frühstücksbrot war so etwas aber nicht drin", flüsterte Poppi ihrem Kumpel zu.

„Das will ich auch hoffen“, flüsterte er zurück. „Komm, wir machen uns bemerkbar.“

Pfeifend und singend taten die beiden so, als wären sie gerade erst nach Hause gekommen.

Augenblicklich war Frau Chagill am Küchenfenster und zog ein zerschlissenes Rollo herab. Als die beiden Knickerbocker die Gaststube betraten, war sie sofort bei ihnen. Sie wirkte aber verlegen, als hätten die zwei sie bei etwas Verbotenem ertappt.

Besorgt betrachtete sie die Wunden, holte dann Verbandszeug und ein Fläschchen mit einer braunen Tinktur.

„Es brennt, wenn ich euch das drauftupfe, dafür ist die Wunde dann aber sauber!“

Poppi und Dominik mussten also die Zähne zusammenbeißen. Nachdem Frau Chagill Pflaster über die Verletzungen geklebt hatte, stand Dominik auf und sagte: „Ich brauche ein Glas Wasser. Ich hole es mir gleich aus der Küche.“

Flink wie ein Wiesel sprang die dicke Wirtin auf und versperrte ihm den Weg.

„Nein, nein, bleib nur sitzen. Ich mache das schon.“

Sie war darauf bedacht, die Küchentür nur einen Spaltbreit zu öffnen und hinter sich sofort wieder zu schließen.

Dominik zog eine Augenbraue in die Höhe. Er fand das alles höchst seltsam und verdächtig.

Auf der Veranda der Dorfschule weidete sich der Lehrer an Lilos und Axels ratlosen Gesichtern.

„Auf das Einfachste kommen die Leute nie“, sagte er verschmitzt. „Der Engländer hat Gänge zum Dorf graben lassen. Die hat er für seinen Spuk benutzt.“

Lilo und Axel warfen einander einen erfreuten Blick zu.

„Gibt es diese Gänge auch heute noch?“, wollte Axel wissen.

„Wir hatten vor zwanzig Jahren ein heftiges Erdbeben in dieser Gegend. Damals sind bestimmt viele eingestürzt.“

Enttäuscht stöhnten die beiden Knickerbocker auf.

„Sie sagen, viele sind eingestürzt. Das bedeutet, es müssten auch noch Gänge offen sein, oder?“, fragte Lilo hoffnungsvoll.

Der Lehrer schnitt beim Nachdenken Grimassen. Er konnte mit seiner Unterlippe die Nasenspitze berühren, was besonders komisch aussah.

Hinter Axel und Lilo standen einige seiner Schüler über die Verandabrüstung gelehnt und kicherten verstohlen.

„Kinder, Kinder, ihr fragt mich Sachen“, meinte der Lehrer kopfschüttelnd, „auf die ich einfach keine Antworten weiß.“

Lilo beugte sich zu ihrem Kumpel und flüsterte: „Es wird uns nichts anderes übrig bleiben, als selbst zu suchen.“

„Wollt ihr sonst noch irgendetwas über unser Städtchen wissen?“ Der Lehrer blickte sie erwartungsvoll an.

„Na ja, ein Gang hat also in den *Blauen Ochsen* geführt. Und die anderen?“, erkundigte sich Axel.

Der Lehrer zuckte mit den Schultern. „Graf Drakul hat das natürlich geheim gehalten. Der Gang in das Gasthaus ist durch Zufall bekannt geworden. Einmal muss der Graf die Klapptür nicht richtig geschlossen haben. Auf dem Weg zur Toilette stolperte ein Betrunkener darüber und brach sich das Bein. So flog der Trick des Grafen auf.“

Das war wenigstens ein Anhaltspunkt. Die beiden Knickerbocker wussten jetzt, wo sie suchen konnten. Sie standen auf und bedankten sich bei dem Lehrer. Als sie zum Zaun gingen, kamen ihnen die Kinder nachgelaufen und schüttelten ihnen lachend die Hand.

„Hört sich an, als würden sie sich bei uns bedanken. Aber wofür?“, wunderte sich Lilo.

In diesem Augenblick warf der Lehrer einen Blick auf seine Uhr. Sofort begann er aufgeregt nach seinen Schülern zu rufen und hatte es sehr eilig, sie in die Klasse zurückzuscheuchen.

Breit grinsend sagte Axel: „Ist doch klar, wofür sie sich bedanken: Wir haben ihre Pause verlängert."

Vor dem Mittagessen hielt die Bande eine Besprechung im Zimmer der Jungen ab. Die vier hockten auf den Betten, die Beine gekreuzt, und knabberten Erdnüsse, die Poppi aus ihrer eisernen Reserve herausgerückt hatte.

Lilo knetete ihre Nasenspitze und starrte zur Decke, durch die sich Risse zogen, die fast wie ein Spinnennetz aussahen.

„Die Chagills wissen bestimmt auch etwas von dem geheimen Zugang", mutmaßte sie. „Nur werden sie ihn uns nicht freiwillig verraten."

„Und Frau Chagill bewacht die Küche , als wäre dort das Gold von Fort Knox versteckt", spottete Dominik.

„Tja, sieht fast so aus, als müsstest du heute eine Sondervorstellung geben, Dominik!", meinte Lilo.

„Sondervorstellung? Was soll das heißen?" Dominik richtete sich auf und streckte die Brust heraus. Er war stolz, schon öfter auf der Bühne gestanden und in Filmen mitgewirkt zu haben. Sogar in Las Vegas war er schon aufgetreten, und zwar als jodelnder Zwerg.*

„Den Sturz von heute Vormittag wirst du wiederholen“, erklärte Lilo.

Dominik verstand sie nicht.

„Du tust natürlich nur so, und falls wir Ketchup finden, schmieren wir es dir als Blut auf die Knie!“

„Dann kriegt meine Hose Flecken“, gab Dominik zu bedenken.

Stöhnend warf Axel die Arme in die Luft. „Mann, dann hast du eben einmal Flecken in der Hose, Mr Blitzblank! Verstehst du nicht, wozu die ganze Aktion gut sein soll?“

„Nein!“, antwortete Dominik wahrheitsgemäß.

„Wir stürzen dann in den Gasthof und schreien: Dominik hat sich verletzt! Sie müssen ihm helfen. Schnell!“, erklärte Lilo weiter. „Am besten führt Poppi die Chagills zu dir. Du liegst natürlich außerhalb des Dorfes auf der Straße und spielst den Schwerverletzten. Wenn die beiden aus dem Haus sind, können Axel und ich die Küche unter die Lupe nehmen und den Geheimgang suchen.“

---

*siehe Krimiabenteuer Nr. 42: 13 blaue Katzen

Poppi war damit nicht einverstanden.

„Die Sache mit der Küche haben wir entdeckt. Also will ich selbst nachsehen, was dort los ist!“, sagte Poppi.

„Gut, dann bringe eben ich die Chagills zu Dominik“, erklärte sich Lilo bereit.

Der Plan wurde genau so durchgezogen. Nach dem Mittagessen gähnten Axel und Poppi demonstrativ und jammerten, wie müde sie seien. Als sie sich nach oben begaben, sah es aus, als könnten sie sich kaum auf den Beinen halten.

Dominik und Lilo hingegen verkündeten laut, sie würden zu einer weiteren Radtour aufbrechen.

Eine halbe Stunde später stürzte Lilo schreckensbleich in die Gaststube und schrie: „Schnell, Sie müssen mitkommen. Schnell! Dominik ... es ist so schrecklich! Bitte, kommen Sie.“

Zuerst wollte nur Herr Chagill mit ihr gehen.

„Nein, Frau Chagill, Sie müssen auch mit. Dominik lässt nur Sie an die Wunde. Sie sieht so schlimm aus ...!“

Die Wirtin wollte gleich den Doktor holen, aber Lilo konnte es ihr gerade noch ausreden. Endlich verließen die beiden Chagills mit der Detektivin den Gasthof. Hinter sich sperrten sie aber alle Türen ab.

„So ein Mist“, schnaubte Axel, der von oben alles beobachtete.

„Das Küchenfenster haben sie vergessen“, flüsterte Poppi ihm zu.

Die beiden Knickerbocker warteten noch ein paar Minuten und schlichen dann hinunter in den Hof.

DIE VERSTECKTE TÜR

„Hilf mir!“ Axel deutete auf eine schwere Holzkiste, die neben dem Tor zur Straße stand. Mit Poppis Hilfe schaffte er es, die Kiste unter das Küchenfenster zu schieben. Er kletterte hinauf, zog das Fenster auf und schwang sich in den Raum.

Einfach war es nicht, denn genau unter dem Fenster befand sich die steinerne Spüle, in der sich Geschirr stapelte. Erleichtert atmete Axel auf, als er festen Boden unter den Schuhsohlen hatte und kein Teller in die Brüche gegangen war. Er half Poppi und streckte dann den Daumen in die Höhe.

Drinnen waren sie. Jetzt musste alles schnell gehen. Die Chagills durften sie nicht beim Schnüffeln überraschen.

Der alte Holztisch, auf dem die Wirtin die seltsamen Gebäckstücke gefüllt hatte, war leer. Fein säuberlich hatte sie jedes Mehlstäubchen weggeputzt.

„Irgendwo müssen die Kuchen aber sein", sagte Axel leise.

Hastig begannen Poppi und er alle Schränke zu öffnen und die Regale abzusuchen. Ohne Erfolg.

Poppi schnupperte.

„Riechst du das?", fragte sie Axel.

„Ja, es stinkt nach saurer Milch."

„Das meine ich nicht. Es liegt auch der Duft von frisch Gebackenem in der Luft." Poppi schlug sich mit der Hand auf die Stirn. „Auf die einfachsten Dinge kommen wir nicht."

„Hä?" Axel verstand nicht, was Poppi meinte.

Sie führte ihn zum altmodischen Emailleherd, der noch mit Holz und Kohle zu beheizen war, und öffnete die Klappe des Backofens. Auf zwei Blechen lagen die knusprigen Brötchen.

„Und da sind wirklich Mäuse drin?" Axel konnte es noch immer nicht glauben. Er nahm ein besonders kleines Brötchen und ließ es in seiner Hosentasche verschwinden. Schnell ordnete Poppi die restlichen Gebäckstücke um, damit man nicht sah, dass eines fehlte.

„Und jetzt startet die Aktion Geheimgang!" Voller Vorfreude rieb sich Axel die Hände. „Wo sind hier unten eigentlich die Klos?"

„Ganz hinten am Ende der Gaststube", antwortete Poppi.

Tatsächlich befand sich dort eine grün gestrichene Tür mit einer gelben Glasscheibe, durch die man nicht sehen konnte. Hinter ihr lag ein dunkler Gang, der zu zwei weiteren Türen führte. Er war mit Gerümpel vollgestellt, das sich bis unter die Decke türmte.

„Wenn der Betrunkene hier gestolpert ist, muss die Tür irgendwo im Boden sein!", kombinierte Axel.

„Wir haben Pech", seufzte Poppi enttäuscht. Über den ganzen Gangboden war nämlich Linoleum geklebt worden. „Die Tür befindet sich bestimmt darunter."

„Mist, Mist, Mist!", schimpfte Axel. „Wir können das Linoleum doch nicht einfach wegreißen."

„He, sieh dir das mal an!" Poppi stand vor einem dunklen Holzschrank. Ein ähnlicher befand sich auch in ihrem Zimmer. Axel verstand sofort, was sie meinte. Der Fußbodenbelag reichte nur bis zu den wuchtigen, krummen Schrankbeinen. Unter dem Möbelstück befand sich der nackte Holzboden.

Sofort legte sich Axel auf den Bauch. Mit der Taschenlampe leuchtete er unter den Schrank und tastete vorsichtig die rauen, rissigen Balken ab.

„Volltreffer!", meldete er glücklich. „Jetzt müssen wir nur noch dieses Ungetüm wegbekommen."

Gemeinsam versuchten die beiden Knickerbocker es von links, von rechts und von vorne, aber ohne Erfolg. Der Schrank schien am Boden festgewachsen zu sein.

Wütend trat Axel mit dem Fuß gegen die Tür, die sich sofort quietschend und knarrend öffnete, als wollte der Schrank gegen diese Behandlung protestieren. In den Fächern lagen gefaltete Tischdecken und Laken.

Auf einmal kam Axel eine Idee.

„Hilf mit!", sagte er zu Poppi und begann, die Sachen aus dem untersten Fach in ein höheres zu schichten. Danach klappte er den Korkenzieher seines Taschenmessers auf und bohrte ihn in das Regalbrett.

Poppi verstand nicht, wozu das gut sein sollte.

„Das wirst du gleich sehen", sagte Axel angestrengt. Vorsichtig zog er an seinem Messer. Nach einigem Rucken klappte das Brett wie eine Falltür in die Höhe. Darunter kam der Holzboden zum Vorschein, auf dem fingerdick der Staub lag. Wieder setzte Axel den Korkenzieher an, bohrte und schaffte es nach einigen Versuchen tatsächlich, die versteckte Tür zu öffnen.

Darunter herrschte Dunkelheit.

Da er die dicke, schwere Geheimtür mit beiden Händen hochhalten musste, bat er Poppi, mit der Taschenlampe in die Tiefe zu leuchten.

„Siehst du etwas?", wollte er wissen.

Poppi nickte aufgeregt.

„Ja …, zuerst geht nur ein Schacht hinunter. Aber unten … ist ein Gang. Sieht ziemlich feucht und nach Erde aus. Aber es ist ein Gang."

„Halt mal, ich muss mir das ansehen!" Poppi übernahm Axels Stelle und der Knickerbocker ließ zuerst die Beine und dann seinen ganzen Körper durch die Öffnung in die Tiefe gleiten. Mit einem klatschenden Geräusch kamen seine Schuhe auf dem nassen Boden auf.

„Der Gang ist nicht verschüttet. So weit meine Taschenlampe reicht, ist er frei!", meldete Axel nach oben.

„He, komm wieder rauf. Bestimmt sind die Chagills bald zurück!" Poppi wurde von Minute zu Minute unruhiger.

Doch Axel wollte nicht auf sie hören. Schritt für Schritt drang er weiter in den Gang vor. Bald hörte ihn Poppi nicht mehr.

Von draußen kamen die Stimmen der Wirtsleute. Lilo redete sehr laut, wahrscheinlich, um ihre Freunde zu warnen. Die Chagills und die beiden Knickerbocker standen vor dem Haupteingang des Gasthauses.

„Sperr schon auf", drängte Frau Chagill ihren Mann.

„Ich hab den Schlüssel der vorderen Eingangstür nicht mit. Wir müssen hinten rein", hörte Poppi ihn sagen.

Das gab ihnen ein paar Minuten, denn die Chagills, Lilo und Dominik mussten jetzt auf die andere Seite des Häuserblocks gehen. Bestimmt würde Dominik entsetzlich humpeln, um ein wenig Zeit herauszuschinden.

„Axel, komm rauf, schnell!", rief Poppi runter.

Sie bekam keine Antwort.

„Axel!", rief sie noch einmal etwas lauter.

Nichts.

War ihm etwas zugestoßen?

Was sollte sie jetzt tun? Die Geheimtür wieder zufallen lassen und schnell zurück ins Zimmer laufen? Von unten konnte Axel die Tür nicht aufstemmen, weil er nicht hinaufreichte. Der Schacht war zu tief. Ohne Hilfe kam er aus dem Gang nicht heraus. Ich kann ihn nicht allein lassen, dachte Poppi, schwang die Beine in die Bodenöffnung und sprang Axel nach.

Mit einem dumpfen Knall schlug über ihrem Kopf die Falltür zu. Das Fachbrett des Schranks klappte ebenfalls wieder nach unten und verbarg den geheimen Abgang.

Rund um Poppi herrschte Finsternis. Mit zitternden Fingern tastete sie nach ihrer Taschenlampe, die sie am Gürtel hängen hatte, und knipste sie an.

Neben ihr ergriff ein Tier die Flucht. Es war eine Ratte, die nur aus Haut und Knochen bestand. Obwohl Poppi eine große Tierfreundin war, hätte sie auf dieses Treffen verzichten können.

Aber wenn die Ratte hier hereingekommen ist, dann bedeutet das, es gibt einen Ausgang, fiel Poppi ein.

Zweifel überkamen sie: Hatte sie das Richtige getan? Hätte sie nicht besser Lilo und Dominik den Geheimgang zeigen sollen? Hätte sie Axel lieber allein lassen sollen?

„Jetzt ist es schon geschehen", sagte sie halblaut zu sich selbst. „Jetzt muss ich Axel finden. Gemeinsam können wir hier auch wieder raus. Er muss mir nur die Räuberleiter machen."

Aber was war mit Axel geschehen?

Poppi bekam nicht mit, dass sich über ihr auch

die schweren Schranktüren knarrend schlossen. Auf den ersten Blick sah alles aus wie vorher. Wer die Stelle nicht kannte, würde die Geheimtür nicht finden.

WOHIN FÜHRT DER GANG?

„Ich hole den Doktor“, beschloss Frau Chagill.

„Nein, nein, das ist wirklich nicht nötig. Meinem Knie geht’s schon sehr viel besser“, versicherte ihr Dominik.

Da es kein Ketchup im Haus gab, hatten Lilo und er auf die blutige Wunde verzichtet und dafür nur vorgetäuscht, Dominik hätte sich das Knie verstaucht.

Rechts von Lilo und links vom Wirt gestützt, humpelte Dominik so langsam wie möglich durch den Hof auf den Eingang der Gaststube zu.

Lilo sah aus den Augenwinkeln die Holzkiste unter dem Küchenfenster stehen und kombinierte schnell: Axel und Poppi waren noch drinnen, sonst hätten sie die Kiste bestimmt wieder an die alte

Stelle geschoben. Schließlich sollten ihre Nachforschungen nicht bemerkt werden.

Oder waren sie doch schon wieder oben im Zimmer und hatten nur keine Zeit gehabt, alle Spuren zu beseitigen?

Herr Chagill schloss auf und führte Dominik in das Gasthaus.

„Ich werde dir kalte Wickel machen“, sagte die Wirtin und eilte zur Küche.

„Ich helfe Ihnen“, bot Lilo an.

„Danke, danke, nicht nötig“, lehnte Frau Chagill hastig ab.

Eine halbe Stunde später, das Knie in viele Meter klatschnassen, eiskalten Stoff gewickelt und mit mindestens einem Liter Tee im Bauch, verabschiedete sich Dominik und humpelte an Lilos Arm nach oben.

„Sie sind beide nicht da!“, stellte Lilo entsetzt fest, nachdem sie einen Blick in die Zimmer geworfen hatte.

„Aber wo sind sie hingegangen?“ Dominik schüttelte ratlos den Kopf.

„Es gibt nur eine Lösung: Sie haben den Geheimgang entdeckt und sind unterwegs zum Schloss.“

„Und was tun wir jetzt?“ Dominik sah Lilo fragend an.

„Wir? Wir können nur warten. Solange die Chagills unten sind, haben wir keine Chance, den Geheimgang zu suchen.“ Lilo seufzte. Sie hasste es, untätig herumzusitzen.

„Die Wirtsleute werden fragen, wo Poppi und Axel stecken. Was sagen wir ihnen dann?“

„Gute Frage! Ich habe nicht die geringste Ahnung“, gab Lilo zu.

Auf jeden Fall erschien es ihr besser, die Chagills nicht einzuweihen. Die beiden waren ihr ein bisschen unheimlich und verdächtig, seit feststand, dass sie für die Leute im Schloss arbeiteten.

Dominik fischte sein Handy aus der Brusttasche des Hemdes.

„Könntest du nicht endlich klingeln?“, fragte er es. „Ich will mit Luna reden und erfahren, was los ist.“

Aber das Handy schwieg eisern.

Axel ging geduckt und mit eingezogenem Kopf durch den niedrigen Gang. Prüfend musterte er ständig die Wände und die Decke. An manchen Stellen waren sie aus Stein, an anderen mit dicken, aber morsch aussehenden Holzbalken gestützt. Immer wieder musste Axel über herabgefallene Mauerstücke steigen, oft tropfte ihm von oben Wasser auf den Kopf.

„Wenn der Gang das Erdbeben überstanden hat, kann jetzt erst recht nicht viel passieren“, redete er sich selbst Mut zu.

Und wenn etwas geschah, würde Poppi sofort Hilfe holen.

„Hallo, Axel!“, hörte er in diesem Augenblick ihre Stimme hinter sich. Erschrocken drehte er sich um und leuchtete in die Richtung, aus der er gekommen war.

Mit hochrotem Gesicht und Schweiß auf der Stirn tauchte Poppi vor ihm auf. Schützend hielt sie die Hand vor die Augen, weil der Strahl der Taschenlampe sie blendete.

„Wieso kommst du mir nach? Du hättest doch oben warten sollen!“, fuhr er sie an.

Beleidigt schnappte Poppi nach Luft. „Hör mal, du bist einfach losgerannt, ohne etwas zu sagen. Die Chagills sind zurückgekommen.“

„Mist“, schimpfte Axel. Nach kurzem Nachdenken fasste er einen Entschluss: „Zurück können wir momentan nicht, also gehen wir einfach weiter. Falls wir tatsächlich bis ins Schloss kommen, kennen wir den Weg und können die anderen in der Nacht holen.“

Wirklich überzeugt war Poppi nicht, dass dieser Plan der beste war. Aber was blieb ihr anderes übrig, als Axel zu folgen. Sollte sie in der Dunkelheit stehen bleiben und den Ratten Gesellschaft leisten? Dann schon lieber bei Axel sein!

Der Gang endete in einem runden Raum, der nach oben kein Ende zu nehmen schien.

„Vielleicht ein Brunnen“, mutmaßte Poppi.

„Niemals!“, brummte Axel. „Dann müssten wir doch irgendwo Tageslicht sehen.“

„Müssen wir nicht, der Brunnen kann doch verschlossen sein!", gab Poppi zurück. Axels Besserwisserei ging ihr auf die Nerven. Er hätte niemals einfach loslaufen dürfen. Bestimmt machte sich Lilo große Sorgen. Würden Dominik und sie den Geheimgang überhaupt finden?

„Eine Leiter!" Axel deutete auf Metallbügel, die in die Mauer eingelassen waren. Sofort begann er hochzusteigen.

„Komm mit!", sagte er nach unten zu Poppi.

Widerwillig folgte sie ihm.

Der Schacht schien kein Ende zu nehmen. Poppi vermied es, einen Blick zurückzuwerfen. Sie mussten mindestens zwanzig, vielleicht sogar schon dreißig Meter hochgeklettert sein.

Über ihr gab eine Sprosse unter Axels Sportschuhen nach und zerbrach. Der Freund sackte nach unten, konnte sich aber gerade noch an einer anderen Sprosse festhalten. Um ein Haar wäre er in die Tiefe gestürzt.

Das Metallstück fiel und fiel. Poppi kam es wie eine Ewigkeit vor, bis das *Kling* des Aufpralls ertönte.

„Vorsicht, das Ding kann scharf sein. Schneide dich nicht!", krächzte Axel heiser, dem der Schreck die Kehle abgeschnürt hatte.

„Ja, ja, ja", brummte Poppi. „Mach schon, wenn

wir nicht bald irgendwo rauskommen, dreh ich um und steig wieder runter!"

Nur wenige Sprossen weiter stieß Axel mit dem Kopf gegen etwas Metallisches. Er hob die Hand und tastete es ab.

„Ein Deckel … wie bei einem Kanal", meldete er.

„Kriegst du ihn auf?"

Axel drückte mit aller Kraft gegen den Deckel. Doch er war schwer und bewegte sich keinen Millimeter. Mit zusammengebissenen Zähnen unternahm der Detektiv einen weiteren Versuch, aber wieder ohne Erfolg.

„Kannst du mir nicht helfen?", fragte er Poppi.

Vorsichtig schob sie sich an seine Seite. Sie hatte Angst, die Sprossen könnten ihr gemeinsames Gewicht nicht aushalten, brechen und sie in die Tiefe stürzen lassen.

„Cool bleiben", brummte Axel. „Ganz cool. Und auf drei drücken wir beide gegen den Deckel. Eins, zwei … drei!"

Ein paar Sekunden lang war nur angestrengtes Ächzen und Stöhnen zu hören, dann folgte ein Knirschen und schließlich ein Klappern. Die runde Metallplatte hatte sich ein paar Zentimeter gehoben. Axel schob sie zur Seite, bis die Öffnung groß genug war, um durchzuklettern.

Weit kam er aber nicht. Kaum hatte er den Kopf hinausgestreckt, da stieß er schon gegen das nächste Hindernis.

„Das darf doch nicht wahr sein!“ Axel stöhnte. Über dem Ausgang stand ein Gebilde, das aus schmutzigen Rohren, Stangen und jeder Menge verdreckten Blechstücken bestand.

„Wir kommen hier nicht raus. Uns bleibt wohl nichts anderes übrig, als wieder zurückzuklettern.“

„Nie im Leben!“, erklärte seine Freundin und zwängte sich an ihm vorbei.

„Du bleibst vielleicht stecken, ich aber nicht!“, erklärte sie stolz und schob sich geschickt und geschmeidig wie eine Schlange unter dem Hindernis durch. Nachdem sie aufgestanden war und sich abgeklopft hatte, sah sie es genauer an. Hastig leuchtete sie danach den Raum ab, in dem sie gelandet waren.

Ächzend versuchte Axel, Poppi zu folgen.

„Du kannst unten bleiben, wir sind hier sicher nicht im Schloss“, knurrte Poppi. „Es war alles umsonst.“

Plötzlich wurde eine Tür aufgeschlossen.

GEHEIMTREFF IM SCHLOSS

„Wir machen heute ein Mitternachts-Picknick!", erklärte Lilo Frau Chagill strahlend. „Könnten wir bitte ein bisschen Toast und eine Flasche Limo haben? Ein paar Ofenkartoffeln wären auch ganz toll!"

„Aber zum Abendbrot kommt ihr schon herunter?", fragte die Wirtin.

„Äh … nein, heute brauchen wir kein Abendbrot. Nur das Mitternachts-Picknick im Zimmer. Wir dürfen nicht zu viel essen, sonst werden wir zu dick!" Lilo klopfte sich auf ihren nicht vorhandenen Bauch.

Frau Chagill blickte an sich herunter.

„Auch ohne Mitternachts-Picknicks sehe ich so aus!" Sie seufzte.

„Ich wollte Sie nicht beleidigen“, beeilte sich Lilo zu sagen.

„Ist schon gut!“ Die Wirtin verschwand in der Küche und brachte bald darauf die gewünschten Sachen.

„Ich habe Kuchen gebacken und euch zwei Stück dazugepackt“, sagte sie.

„Zwei?“ Lilo erschrak. Wusste Frau Chagill, dass Axel und Poppi verschwunden waren?

„Na ja, es war kein großer Kuchen, und wenn ich vier Stücke daraus gemacht hätte, wären sie zerbröselt“, meinte die Wirtin entschuldigend.

Erleichtert atmete Lilo auf, nahm die Sachen und verschwand damit nach oben.

„Es hat geklappt“, berichtete sie Dominik. „Aber heute Nacht müssen wir Axel und Poppi finden.“

Bis dahin wollten sich die beiden die Zeit mit Essen vertreiben.

Poppis Herz schlug bis zum Hals. Am ganzen Körper zitternd sah sie sich hastig nach einem Versteck um. In einer Ecke lehnten einige große Rollen, wahrscheinlich Teppiche. Dort verkroch sie sich, aber nicht ohne vorher Axel zu warnen: „Bleib unten, es kommt jemand.“

Als die Tür geöffnet wurde, fiel ein Lichtstreifen

in den Raum. Ein Mann in einer schwarzen Jacke, mit aufgestelltem Kragen und Sonnenbrille trat ein. Er drückte auf einen Schalter und eine Neonröhre flackerte auf. Sorgfältig schloss der Mann die Tür wieder hinter sich ab und ging dann auf den Geländewagen zu.

Genau dieser Wagen stand über der Bodenöffnung und versperrte den Ausstieg. Die Reifen waren breit und auf den Mann passte Axels Beschreibung von dem nächtlichen Besucher der Chagills.

Poppi war, sobald sie das Auto gesehen hatte, klar gewesen, dass sie sich in einer Garage befanden. Aber lag diese Garage innerhalb oder außerhalb des Schlosses?

Ein breites Tor öffnete sich rasselnd. Der Wagen lief an und der Mann fuhr rasant los. Hinter ihm ging das Tor automatisch wieder zu. Nur eine stinkende Abgaswolke blieb in der Luft hängen.

Noch immer zitternd kam Poppi aus ihrem Versteck. Axel konnte ungehindert aus dem Loch im Boden klettern und schob den Metalldeckel wieder darüber. Bei seiner Rückkehr würde der Unbekannte sonst bemerken, dass jemand durch den Geheimgang gekommen war.

„Wir müssen aus der Garage und zwar durch die Tür“, erklärte Poppi leise.

Axel ließ sich auf die Knie nieder und spähte unter der Tür durch.

„Die führt nicht ins Freie, sondern in eine Art Halle", berichtete er zufrieden.

„Dann sind wir also doch im Schloss! Das ist doch wenigstens etwas", murmelte Poppi. „Kannst du die Tür irgendwie aufkriegen?"

„Nicht ohne Krach", seufzte Axel. „Aber ich habe eine Idee, wie wir den Typen daran hindern können, hinter sich abzuschließen."

Bis der Mann zurückkam, konnten die beiden Detektive nur warten. Ihre Aufregung wuchs von Minute zu Minute. Würde Axels Plan klappen? Und was erwartete sie im Schloss dieses Grafen Drakul?

Lilo war eingenickt. Zusammengerollt lag sie auf dem Bett und schnarchte leise. Auch Dominik hatte die Augen geschlossen.

Als er aber Geräusche im Hof hörte, war er sofort hellwach. Er sprang ans Fenster und spähte hinaus.

„Lilo, wach auf!", zischte er Richtung Bett.

„Was ist denn?", fragte sie verschlafen.

„Da ist jemand gekommen ... durch den Hintereingang. Ein Mann in einer schwarzen Jacke. Er ist gerade in die Gaststube gegangen."

Sofort war Lilo munter. Sie sprang in die Höhe und trat neben Dominik.

„Los, runter! Das ist der Typ, von dem Axel erzählt hat. Wenn sein Wagen draußen steht, verstecken wir uns darin. Komm!"

Bevor Dominik protestieren konnte, war Lilo schon gegangen. So leise wie möglich öffnete sie die Tür zum Hof und warf einen fragenden Blick Richtung Gaststube.

Aus der Küche kam Frau Chagills Stimme. „Es ist ein Zufall, dass ich schon fertig bin. Sie wollten das Gebäck doch erst morgen holen. Jetzt müssen Sie warten, bis ich es verpackt habe. Sonst zerbricht es noch auf der Fahrt."

„Bitte, beeilen Sie sich", drängte der Mann. Seine Stimme war tief.

Auf Zehenspitzen schlichen die beiden Knickerbocker zum hinteren Tor und zogen es auf. Eng an der Hausmauer geparkt stand der Geländewagen mit den breiten Reifen. Er besaß eine große Heckklappe, die auf einen geräumigen Kofferraum hoffen ließ.

„Super!" Lilo atmete erleichtert auf. Die Heckklappe ließ sich öffnen und die Detektivin sah ein paar leere Kisten, Decken und Pappkartons. Schnell schwang sie sich auf die Ladefläche und kroch zwischen die Kisten. Flach ausgestreckt zog sie eine Decke über sich. Dominik folgte ihr, zog die Heckklappe zu und legte sich neben sie.

„Der Typ darf uns jetzt nur nicht entdecken", flüsterte Lilo.

Unter der Decke wurde es schnell heiß und stickig. Die beiden Knickerbocker hatten das Gefühl, nicht genug Luft zu bekommen. Sie wagten es aber nicht, den Kopf herauszustrecken.

Endlich erschien der Mann. Zu ihrer großen Erleichterung stieg er vorne ein und stellte einige Tüten neben sich auf den Beifahrersitz. Dann startete er den Motor.

Die Tour war recht kurz und endete in der Garage. Nachdem der Mann seine Tüten zusammengepackt hatte, verließ er den Wagen und trat an die Tür zum Schloss. Er öffnete sie, ging in den Raum dahinter, wartete, bis die Tür wieder zugefallen war, und wollte abschließen.

Genau auf diesen Augenblick hatte Axel gewartet. Blitzschnell schoss er aus seinem Versteck, das sich direkt neben der Tür befand, und steckte einen Nagel in das altmodische Schlüsselloch. Er presste seinen Daumen dagegen, während der Mann von der anderen Seite immer wieder versuchte, den Schlüssel zu drehen. Ohne Erfolg natürlich.

Axel befürchtete schon, er könnte die Tür noch einmal öffnen und ihn dann entdecken. Aber der Mann war in Eile und ließ das Abschließen einfach bleiben.

„Geschafft!“, flüsterte Axel Poppi zu, die sich nur zögernd aus ihrem Versteck hinter den Teppichen schob. Als sie eine Bewegung im Wagen wahrnahm, schnappte sie erschrocken nach Luft.

„Lilo und Dominik“, staunte Axel. „Mann, wir hätten uns nicht besser verabreden können.“

Die Freude der vier, einander wiederzusehen, war groß. In Stichworten berichtete jeder, was er erlebt hatte.

„Seht euch das mal an!“ Axel holte das Brötchen aus der Hosentasche, das er vom Backblech in Frau Chagills Küche genommen hatte. Er brach es in der Mitte durch und eine schwarze Spinne kam zum Vorschein.

„Igitt!“, sagte sogar Lilo, die so etwas normalerweise nicht aus der Ruhe brachte. „Wer isst denn das?“

Dominik stellte eine berechtigte Frage. „Ist die überhaupt echt?“

„Koste mal, dann weißt du's!“, riet ihm Axel grinsend.

„Blödmann“, knurrte Dominik.

Poppi sah die Jungen an und meinte spitz: „Und ihr behauptet immer, mutig zu sein. Pah!“ Mit den Fingerspitzen betastete sie die Spinne prüfend und meldete schließlich: „Das Ding ist keinesfalls echt. Muss etwas Ähnliches wie Lakritze sein.“

„Wozu lassen die Leute aus dem Schloss dieses Horror-Gebäck bei den Chagills backen?“, überlegte Lilo.

„He, Leute, der Typ könnte zurückkommen, um das Türschloss zu reparieren. Was haltet ihr davon, wenn wir diese gemütliche Garage verlassen und uns endlich im Gebäude umsehen?“ Axel sah seine Freunde fragend an.

„Bleibt uns etwas anderes übrig?“, meinte Lilo achselzuckend.

Axel öffnete die Tür, die dringend geölt werden musste. So langsam wie möglich zog er sie auf und ließ die Klinke nicht aus der Hand.

Sie sahen in eine kleine Halle, an deren Decke ein Kronleuchter hing. Licht drang aus vielen runden Glaskugeln.

Poppi schluckte. „Seht euch mal die Kugeln genauer an!“

Nun erkannten es auch die anderen. Es waren riesige Augäpfel mit roten Adern.

„Willkommen im Geisterschloss!“, raunte Lilo

ihren Freunden zu. „Zum Glück wissen wir, dass der Spuk nicht echt ist."

„Könntest du mich bitte immer wieder daran erinnern", sagte Dominik mit zusammengebissenen Zähnen. Er ahnte, was auf sie zukam.

TOTENSTILLE

Noch immer standen die vier Freunde in der Halle. Außer der Tür zur Garage gab es eine weitere in der Wand gegenüber. Links führte eine Treppe nach oben.

Dominik runzelte die Stirn. „Fällt euch nichts auf?“

„Was soll uns denn auffallen?“ Lilo warf ihm einen fragenden Blick zu.

„In diesem Schloss befinden sich angeblich dreizehn Leute, außerdem dieser Mann mit den Spinnenbrötchen und wahrscheinlich der neue Graf Drakul. Fünfzehn Menschen sind ja nicht wenig, trotzdem ist nichts zu hören.“

„Stimmt!“, sagten die anderen leise.

Sie hielten gleichzeitig die Luft an und lauschten

angespannt. Außer dem Rauschen des Blutes in ihren Ohren hörten sie tatsächlich nichts! Es war ganz still.

Gespenstisch still.

Totenstill, fiel Poppi ein. Sie schauderte bei diesem Gedanken. Auf jeden Fall hoffte sie, das Schloss so bald wie möglich wieder verlassen zu können.

„Wir müssen Luna finden“, sagte Axel leise.

„Wo sollen wir anfangen zu suchen?“, fragte Dominik.

Axel zuckte mit den Schultern. „Was weiß ich! Irgendwo. Ich kenne mich hier genauso wenig aus wie du.“

„Zuerst hinauf!“, entschied Lilo und deutete mit dem Kopf zur Treppe.

Der dicke Teppich unter ihren Füßen schluckte das Geräusch ihrer Schritte. Auf Zehenspitzen schlichen sie die Treppe nach oben, die nach zehn Stufen einen scharfen Knick nach rechts machte. Kaum waren die vier Knickerbocker hinter der Mauerkante verschwunden, da hörten sie unten auch schon die Tür aufgehen.

„Das verdammte Schloss ist kaputt“, sagte die Stimme des Mannes, der mit den Chagills gesprochen hatte.

„Die Garage muss Tag und Nacht abgesperrt

sein“, erinnerte ihn ein zweiter Mann. Er sprach sehr tief, fast krächzend.

„Ja, ja!“, maulte der andere. „Du gehst mir mit deinen ewigen Vorschriften auf die Nerven, weißt du das?“

„Wenn du nicht mehr mitmachen möchtest, dann kannst du jederzeit aussteigen. Ich bringe die Sache auch ohne dich über die Bühne!“, brauste der Krächzer auf.

„Reg dich ab, man wird ja wohl noch was sagen dürfen!“

„Reparier das Schloss! Heute steht noch einiges auf dem Programm. Schließlich soll unseren Opfern nicht langweilig werden.“

Tonlos formte Dominik mit den Lippen das Wort „Opfer“. Meinte der Mann damit die dreizehn Leute, die dachten, nach einem Schatz zu suchen?

Lilo tippte Axel, Poppi und Dominik an und deutete nach oben. Ohne auch nur das leiseste Geräusch zu verursachen, setzten die vier Knickerbocker ihren Weg fort.

Die Treppe führte sie in einen langen Gang.

Von Staubsaugen scheint Graf Drakul nichts zu halten, dachte Dominik.

Wände und Boden waren schmutzig. Von der Decke hingen zahlreiche Spinnweben. In Kupferleuchtern steckten elektrische Kerzen, die ein flackerndes Licht von sich gaben.

Links und rechts sahen die Knickerbocker Türen. Es sah ein bisschen wie in einem Hotel aus.

„Ob hinter einer dieser Türen Lunas Zimmer liegt?“, fragte Axel flüsternd.

Keiner wusste eine Antwort. Deshalb ging Axel ganz nah an eine Tür heran und presste das Ohr gegen das dunkle Holz.

Kein Geräusch war zu hören.

Die anderen folgten seinem Beispiel, fanden aber auch nichts heraus. Schließlich waren sie am Ende des Korridors angelangt und betraten einen Saal mit einer langen Tafel. Links und rechts standen je sechs Stühle. Am Kopfende ein dreizehnter.

Stumm deutete Dominik auf vier der Stühle, an deren Lehnen schwarze Zylinderhüte hingen. Lilo trat einen Schritt näher und entdeckte auf den Sitzflächen schwarze Rosen.

Schweigend durchquerte die Bande den Saal und erreichte das nächste Treppenhaus. Die vier stiegen noch ein Stockwerk höher und waren etwas enttäuscht, einen Korridor vorzufinden, der genauso wie der letzte aussah.

Axel zählte die Türen. Es waren dreizehn. Für einen Zufall hielt er das nicht.

Lilo winkte ihre Freunde zu sich. Neben der ersten Tür hatte sie nämlich eine kleine Messingtafel entdeckt, in die ein Name eingraviert war.

„Florian Ness“, las sie leise vor. „Schon mal was von dem gehört?“

Axel lief weiter und studierte auch die anderen Schilder.

„Ich hab ihr Zimmer gefunden“, meldete er flüsternd, aber sehr aufgeregt.

„Luna Makovsky“ stand auf der Messingtafel.

„Klopfen?“ Axel sah Lilo fragend an.

„Besser nicht. Mach so leise wie möglich die Tür auf!“, lautete Lilos gehauchte Antwort.

Die Spannung der vier steigerte sich, als Axel nach dem Türknauf griff und ihn Millimeter für Millimeter drehte. Mit der anderen Hand drückte er gegen die Tür, damit sie nicht lautstark aufspringen konnte.

Endlich war sie entriegelt und er konnte sie ebenso vorsichtig aufziehen.

Schummriges Licht leuchtete ihnen entgegen. Das Zimmer war ein Albtraum in Grau und Rosa. Grauer Teppich, rosa Gardinen, graurosa gestreifte Tapeten. Und unter dem rosafarbenen Stoffhimmel des Himmelbetts lag in rosa Kissen mit grauem Rosenmuster Luna. Ihr Haar umrahmte ihren Kopf wie ein Heiligenschein. Ihr Gesicht war weiß und blass, die Lippen dunkel. Sie hatte die Beine angewinkelt und die Hände über dem Bauch gefaltet.

Poppi schluckte. Der Kloß in ihrem Hals war unendlich dick.

„Sie … atmet nicht!“, brachte sie nur mühsam über die Lippen.

Axel erschrak. Er hatte Luna gern und es ging ihm der gleiche entsetzliche Gedanke durch den Kopf wie Poppi.

„Luna?“, sagte er flüsternd.

Keine Reaktion.

Lilo schlug die Hände vors Gesicht. In diesem Schloss passierte nur Schreckliches. Sie hatte keine Lust mehr, etwas darüber herauszubekommen. Es musste ihnen nur gelingen, das Schloss auf dem schnellsten Weg zu verlassen und die Polizei zu alarmieren. Graf Drakul – wer auch immer sich hinter diesem Namen verbarg – war wahnsinnig, genau wie sein Vorbild, der echte Graf Drakula.

Hinter der Knickerbocker-Bande fiel die Zimmertür ins Schloss.

TOTAL GESPENSTISCH

Schreiend wandten die vier sich um.

Aber außer einer geschlossenen Tür sahen sie nichts. Es hatte niemand hinter ihnen das Zimmer betreten. War vielleicht jemand vorbeigegangen und hatte sie eingeschlossen?

Lilo sprang zur Tür.

Sie war nicht abgesperrt. Und auf dem Gang sah sie auch niemanden. Hatte am Ende nur ein Luftzug die Tür zugeworfen?

Trotzdem blieb die schreckliche Entdeckung, die sie gerade gemacht hatten: die leblose Luna auf dem Bett.

„Wie seid ihr denn hereingekommen?", fragte eine äußerst erstaunte Stimme.

Wieder drehten sich die vier Knickerbocker mit

einem schnellen Ruck um, diesmal zurück zum Bett.

Dort lag, auf die Ellenbogen gestützt, Luna und sah sie fragend an.

„Seid ihr das wirklich oder sehe ich hier schon Fata Morganen? Wundern würde es mich nicht, wenn ich bald durchdrehe."

Vor Erleichterung stürzte Axel auf Luna zu und umarmte sie.

„Langsam, langsam", wehrte sie ihn ab. „Ich hab gedacht, du stehst nicht so auf Knutscherei."

„Äh … normalerweise nicht, aber das ist eine Ausnahme", murmelte Axel verlegen. Er warf einen Blick zu seinen Freunden, die sich ein Grinsen nicht verkneifen konnten. Aber auch sie waren äußerst erleichtert, Luna lebend zu sehen.

„Du … du hast nicht geatmet", japste Poppi, der der Schock noch in allen Gliedern steckte.

Luna machte eine wegwerfende Handbewegung und schwang die Beine über die Bettkante.

„Das sieht nur so aus. Darüber sind schon meine Eltern erschrocken, als ich so alt war wie ihr."

Sie gähnte heftig und streckte sich.

„Mensch, ich bin echt froh, dass ihr meinen Hilferuf ernst genommen habt. In dieser Bude kommt auch dem Unerschrockensten das Gruseln."

„Was ist alles geschehen?“, wollten die Knickerbocker wissen.

Luna klopfte auf den Bettüberwurf und sie setzten sich zu ihr.

„Wird eine längere Geschichte“, meinte sie erklärend. „Also, nach der Ankunft hat uns ein buckliger

Diener die Zimmer zugewiesen. Außer mir sind noch sechs andere Frauen und sechs Männer hier. Wohnen alle auf demselben Gang. Na ja, vielleicht sollte ich jetzt eher ‚wohnten' sagen."

Auf einmal überkam Luna die Panik. „Leute, ich hätte euch niemals mitnehmen dürfen. Und ihr hättet auch nicht kommen sollen. Vier der Teilnehmer dieser Schatzsuche sind spurlos verschwunden. Weg! Fort! Als hätte es sie nie gegeben. Wenn wir zum Essen kommen, hängt an ihrer Stuhllehne ein schwarzer Hut und auf dem Platz liegt eine schwarze Rose. Und der Bucklige stopft ihre Sachen in eine Tasche und räumt die Zimmer!"

„Was?" Die vier Freunde konnten nicht glauben, was Luna da erzählte.

„Das ist nicht dein Ernst!", sagte Dominik.

„Doch!", versicherte ihnen Luna. „Und wenn man jemanden fragt, den Buckligen oder den Vampir, dann bekommt man keine Antwort. Und wenn du sagst, du willst gehen, gibt es höchstens ein mitleidiges Lächeln. Ein Mann ist heute Morgen völlig durchgedreht und rannte schreiend durch das ganze Schloss. Nach zwei Stunden war er völlig erschöpft und jetzt schläft er nebenan. Es ist total gespenstisch."

Da konnten die Knickerbocker nur zustimmen.

„Und die Schatzsuche, wie geht es da voran?“, erkundigte sich Axel.

Luna strahlte auf einmal. „Das ist auch so eine Sache. Natürlich will jeder von uns den Goldschatz finden, und es ist uns auch erlaubt, alle Zimmer zu betreten und überall danach zu suchen. Aber die meisten Räume sind abgeschlossen. Doch ich habe durch Zufall hinter einer alten Ritterrüstung einen Schlüsselschrank entdeckt. Bin über meine eigenen Beine gestolpert, gegen die Rüstung gekracht und – *Peng!* – habe ich mir den Kopf am Schrank angehauen.“

Verschmitzt grinsend griff sie unter ihr großes Kopfkissen und holte den Schlüsselbund heraus. Es klimperte und klirrte nur so.

„Das Ding ist mehr wert als das halbe Gold. Ich habe nämlich Zutritt zu Räumen, in die kein anderer kommt. Gestern war ich zum Beispiel in der Bibliothek. Dort gibt es mindestens zehntausend verstaubte Bücher, aber vor allem auch ein Tagebuch des alten Grafen. In dem habe ich tatsächlich Hinweise auf das Gold gefunden.“

„Wo soll es sein?“, wollten die vier Freunde sofort wissen.

„In einem Raum ohne Ecken! Habt ihr eine Ahnung, was das sein kann?“

Die Knickerbocker schüttelten den Kopf. Sie hatten keinen blassen Schimmer.

Poppi brannte eine Frage auf den Lippen. „Luna, hast du denn gar keine Angst, als Nächste zu verschwinden?"

Die junge Frau zögerte kurz: „Schätzchen, das habe ich mir auch schon überlegt. Aber ich sehe das so: Wenn ich könnte, würde ich liebend gern gehen. Aber ich kann nicht, es sei denn, ihr zeigt mir einen Weg hinaus. Und wenn mir das Gleiche zustößt wie den vier anderen, weiß ich wenigstens, was mit ihnen geschehen ist. Sollte dieser Vampir-Heini oder der Bucklige dabei die Finger im Spiel haben, werden die mich kennenlernen."

Luna sprang auf und stellte sich in Karate-Position, die Handkanten schützend vor den Körper haltend.

„Kannst du Karate?", fragte Axel aufgeregt.

„Nööö, aber das muss ja keiner wissen!"

Die Bande konnte nicht anders als schmunzeln. Lunas unerschrockene Art war einfach herrlich. Außerdem tat sie im Augenblick sehr gut.

„Meinst du, den vier Verschwundenen ist etwas zugestoßen? Ich meine, sind sie vielleicht verletzt worden?", fragte Lilo.

„Das diskutieren wir schon die ganze Zeit, die anderen Schatzsucher und ich. Wir können uns nicht einigen. Aber ganz ehrlich, wir wissen es einfach nicht."

Axel musste an die dreizehn Särge im Keller denken. Ob die Leute vielleicht dort ...?

Schnell schob er den Gedanken wieder beiseite.

„Wir waren schon einmal im Schloss, gestern", erzählte Dominik. „Da haben wir einen Vampir gesehen. Schwarze Haare und weißes Gesicht."

Luna nickte. „Das ist dieser komische Vampir. Kommt sich in diesem Outfit wohl ultracool vor."

„Aber da war auch eine Frau, die schien schreckliche Angst zu haben. Sie hatte irgendetwas unter ihrem Pulli versteckt."

„Wie hat sie ausgesehen?", wollte Luna wissen.

„Pulli, Rock, ziemlich groß, dünn und alles war ihr zu weit", beschrieb Axel die Frau.

„Das kann nur Jasmin gewesen sein. Bestimmt waren ihre Augen so groß!" Luna zog ihre eigenen Lider mit den Fingern auseinander, bis die Augen unheimlich hervortraten.

„Ja, genau so hat sie ausgesehen", stimmte Lilo Luna zu.

„Die ist ein einziges Nervenbündel!", sagte Luna. „Stellt euch vor: Am ersten Tag hat uns ein Vampir beim Abendessen im Namen des Schlossherrn, Graf

Drakul, begrüßt. Er war sehr freundlich, mich hat nur seine Stimme gestört. Er redet immer, als hätte er keine Kraft und könnte nur hauchen." Luna ahmte die Sprechweise nach, die hohl und unwirklich klang.

„Jedenfalls haben alle aufmerksam zugehört. Damals konnte ja noch keiner ahnen, was da auf uns zukommen sollte. Als der Vampir dann den Speisesaal verließ, gab es einen Aufschrei. Er kam von dieser Jasmin, die sich völlig verschreckt die Serviette an den Mund presste."

„Was war geschehen?", wollte Axel wissen.

Luna zuckte mit den Schultern. „Frag mich was Leichteres. Ausgesehen hat sie, als wäre ihr gerade ein echter Geist begegnet. Sie ist ohnehin so blass, aber damals war sie fast durchsichtig. Und auf einmal ist sie ganz panisch geworden, ist aufgesprungen, weggerannt, aber wieder zurückgekommen. Und immer wieder hat sie gemurmelt: ‚Es kann nicht sein, es kann nicht sein.'"

Die Knickerbocker-Bande platzte fast vor Neugier. „*Was* kann nicht sein?"

„Tja, das hat sie uns nicht verraten", meinte Luna.

Lilo knetete ihre Nasenspitze. „Es muss mit diesem Vampir zu tun gehabt haben."

„Aber der war doch schon länger da und sie hat

ganz ruhig auf ihrem Stuhl gesessen und ihre Suppe gelöffelt", sagte Luna.

„Erschreckt hat sie sich erst, als der Typ ging", überlegte Lilo laut.

„Wenn ihr mich fragt, tickt die ganz einfach nicht richtig!" Luna zog die Beine an und wiegte sich hin und her. „Wie soll es weitergehen? Den Schatz würde ich nach wie vor gern finden. Aber in dieser Bude wird es zu heiß. Findet ihr nicht auch?"

Axel hob die Augenbrauen. „Wir haben keine sehr guten Nachrichten: Der Weg, auf dem wir ins Schloss gekommen sind, ist im Augenblick versperrt, und einen anderen haben wir noch nicht gefunden."

„Wir werden aber danach suchen", versprach Dominik.

„Und gleichzeitig werden wir auch ein paar Nachforschungen anstellen, um zu sehen, ob wir nicht doch das Geheimnis dieses Grafen lüften und sogar die Verschwundenen finden können."

Axel, Lilo, Poppi und Dominik spielten die Unerschrockenen, Lockeren. In Wirklichkeit aber war ihnen ganz anders zumute. Sie hatten Angst. Vor allem vor den unbekannten und unberechenbaren Kräften und Mächten, die in diesem Schloss ihr Unwesen trieben.

Doch sie waren zu viert. Und sie waren schließlich die Knickerbocker-Bande. Und gemeinsam fühlten sie sich stark und sicher. Lautete ihr Motto nicht: Vier Knickerbocker lassen niemals locker?

KATZ UND MAUS

Ein Gong dröhnte durch die Gänge des Schlosses. Die Knickerbocker sahen Luna fragend an.

„Das bedeutet, es gibt Essen“, erklärte sie.

„Hast du schon Brötchen mit Spinnen und toten Mäusen bekommen?“, wollte Axel wissen.

Luna seufzte tief. „Natürlich. Zwei der Männer sind fast in Ohnmacht gefallen, als sie ihre Brötchen auseinandergebrochen und die Tiere darin entdeckt haben.“

„Die sind nicht echt“, sagte Poppi.

„Das habe ich auch sofort gedacht. Außerdem habe ich schon Ameiseneier gegessen, Maikäfersuppe und geröstete Heuschrecken.“

Axel rümpfte die Nase. „Echt? Das hast du wirklich getan?“

„Ja, und daher haben mich deine Streiche auch nie erschreckt, Axel!“, erklärte Luna und nahm ihre große, sackähnliche Handtasche vom Stuhl. „Ich werde versuchen, euch was vom Essen mitzubringen“, versprach sie.

„Super, ich habe ein Loch im Bauch!“, sagte Lilo.

„Hey, nur noch eine Frage“, fiel Dominik ein. „Du hast doch eine Nachricht auf meine Mailbox gesprochen. Von wo aus hast du angerufen?“

Luna hatte bereits den Knauf der Tür in der Hand. Sie drehte sich noch einmal um und machte ein nachdenkliches Gesicht.

„Das war ganz seltsam. Auf einmal habe ich dieses blutrote Telefon entdeckt. In der Bibliothek, zwischen den Büchern. Von dort habe ich angerufen. Es kam dann aber jemand und ich musste schnell auflegen. Am nächsten Morgen war das Telefon nicht mehr da.“

Sie winkte den vier Detektiven kurz zu und schlüpfte dann hinaus auf den Gang. Die Bande hörte, wie sie andere Schatzsucher grüßte, die gerade vorbeigingen.

„Hast du dein Handy mit?“, wollte Axel wissen.

Dominik grinste lässig. „Klar, was hast du denn gedacht?“ Er zog es aus der Hosentasche und hielt es Axel vor die Nase.

„Funktioniert es hier im Schloss überhaupt?", fragte Poppi.

„Natürlich, es ist ein sehr leistungsstarkes Gerät!", erklärte Dominik und drückte die Einschalt-Taste. Zwischen seinen Augen tauchte eine steile Falte auf. Er drückte erneut, dann noch einmal und noch einmal.

„Was ist?" Lilo beugte sich über seine Schulter.

„Äh ..." Dominik bekam einen knallroten Kopf. „Äh ... also ..., der Akku ist leer."

„Oh nein!", stöhnte Axel. „Das darf nicht wahr sein! Hast du wenigstens das Ladekabel mit?"

„Klar, außerdem trage ich auch immer ein Faxgerät, einen Fernseher und zwei Laptops in der Hosentasche", brauste Dominik auf.

„Abregen, meine Herren", sagte Lilo beruhigend. „Versucht ausnahmsweise klar zu denken."

Dominik und Axel schnitten hinter ihrem Rücken Grimassen und äfften sie stumm nach.

„Ich weiß genau, was ihr gerade tut", sagte Lilo seelenruhig.

„Wieso?", fragten die Jungen überrascht.

„Weil dort an der Wand ein Spiegel hängt, in dem ich euch sehen kann!", erklärte Lilo grinsend.

Poppi kaute an ihren Fingernägeln. Ihr war im Augenblick nicht gerade nach Scherzen zumute.

„Wie machen wir weiter? Es darf niemand bemerken, dass wir uns ins Schloss geschlichen haben. Trotzdem müssen wir so viel wie möglich rausfinden. Wie stellen wir das am besten an?“

Lilo hatte sich dazu bereits etwas überlegt: „Während die Leute alle beim Essen sind, ist die Gelegenheit am günstigsten, sich ein bisschen umzusehen. Das Schloss scheint allerdings ein Irrgarten zu sein. Bringt an allen wichtigen Abzweigungen unser grünes K an, damit ihr auch wirklich wieder hierher zurückfindet.“

Besorgt fragte Poppi: „Muss jeder allein gehen?“

Lilo schüttelte den Kopf. „Nein, zu zweit würde ich vorschlagen.“

„Ich komme mit dir“, sagte Poppi schnell. Von Axels seltsamen Einfällen hatte sie vorläufig genug.

„Tja, höchste Zeit, dass wir Männer zeigen, was in uns steckt!“, erklärte Axel großspurig.

„Wenn du dich fürchtest, mach dir nicht in die Hosen“, ermahnte ihn Lilo belustigt.

Bevor Axel darauf etwas erwidern konnte, hatte sie schon vorsichtig die Tür geöffnet und spähte in den Gang hinaus.

Noch immer flackerten die elektrischen Kerzen in den Leuchtern. Wieder war nichts zu hören.

Die Ecken der Gänge und Treppenhäuser schienen alle Geräusche, Stimmen und Laute zu schlucken.

Sie schlucken sicher auch die Angstschreie, schoss es Lilo durch den Kopf. Doch sie schob den Gedanken schnell zur Seite, da ihr ein kalter Schauer über den Rücken lief.

„Seid in spätestens einer Stunde wieder hier", flüsterte sie den Jungen zu. „Uhrenvergleich, wie spät ist es bei euch?"

„Genau sechs Uhr und siebenunddreißig Minuten", hauchte Dominik.

Lilo nickte und schlug den Weg nach rechts ein. Die Jungen gingen nach links.

Wir hätten uns die Schlüssel von Luna borgen sollen, fiel Axel nach ein paar Schritten ein. Doch es war zu spät. Luna hatte den Schlüsselbund in ihre Tasche gesteckt.

Die gespenstische Stille des Schlosses hatte auch einen Vorteil: Sollte jemand durch einen Gang kommen oder eine Tür öffnen, würden ihn die Knickerbocker sofort hören. Sie konnten also nicht überrascht werden.

Doch da irrten sich die vier gewaltig.

Graf Drakul wusste bereits, dass sie sich in seinem Schloss befanden. Er saß, die Beine übereinandergeschlagen, in einem schwarzen Holzstuhl mit einer Lehne, die fast bis zur Decke reichte. Die Stuhlbeine, die Armstützen und die Umrandung der Lehne waren mit üppigen Schnitzereien verziert, die wilde Dämonen, brüllende Drachen und grinsende Teufel darstellten. Es sah aus, als würden sich die Gestalten des Bösen alle ihrem Herrn und Meister zuwenden und aufmerksam lauschen, was er ihnen zu sagen hatte.

Und dieser Herr und Meister war derjenige, der den Stuhl benutzte.

Nachdenklich strich Graf Drakul mit Daumen und Zeigefinger über sein glatt rasiertes Kinn. Er konnte nicht verstehen, wie es den Kindern gelungen war, in das Schloss einzudringen. Das Gebäude war doch völlig abgeriegelt! Keiner der dreizehn Leute, die er in sein Gebäude gelockt hatte, durfte entkommen. Kein Einziger!

Vier waren schon verschwunden.

Und morgen Früh war der Fünfte an der Reihe.

Oder besser gesagt, *die* Fünfte. Ihr Vorname gefiel dem Grafen ganz besonders: Luna. Das war Italienisch und hieß im Deutschen: Mond.

„Nun ja, Luna, am Ende der Nacht wird dein Mond untergehen!“, sagte Graf Drakul leise vor sich hin. Immer wieder tippte er die Fingerspitzen aneinander. Es gab einen Grund, warum Luna verschwinden musste: Sie war einfach zu schlau und dem Goldschatz bereits zu nahe gekommen. Doch sie durfte ihn nicht finden, denn wer den Schatz entdeckte, der erfuhr auch das Geheimnis des Schlosses und des Grafen. Das aber würde Drakul verhindern.

Um seine Mundwinkel huschte ein teuflisches Lächeln.

Offen war noch die Frage, was mit den vier Kindern geschehen sollte, die im Schloss herumschnüffelten.

Ich werde mit ihnen Katz und Maus spielen!, beschloss er. Sie sind die Mäuse und ich die Katze.

Graf Drakul erinnerte sich an die Katze, die seine Großmutter auf dem Bauernhof gehabt hatte. Die Katze liebte es, Mäuse zu fangen und ins Haus zu bringen. Die Mäuse lebten noch und die Katze hatte viel Spaß, wenn sie umherliefen und zu flüchten versuchten.

Am Ende aber fraß die Katze alle Mäuse.

HEFTIGES HERZKLOPFEN

Am Ende des Korridors, in dem sich die Zimmer befanden, stießen Lilo und Poppi auf mehrere schmale Gänge. Sie wählten einen aus und gingen langsam weiter.

Nach zwanzig Schritten durch die Dunkelheit betraten sie einen merkwürdigen Raum. Er bestand aus mehreren hohen, hintereinander angeordneten Spitzbögen. Diese waren schmutzig weiß, das gewölbte Mauerwerk dazwischen in verschiedenen Rottönen gehalten.

Am Ende des Raumes hing eine riesige Lampe von der Decke. Sie erinnerte an einen mächtigen roten Tropfen, war aber unregelmäßig geformt und mit zahlreichen dickeren und dünneren Rohren versehen, die sich verzweigten und verästelten.

Beiden Mädchen verursachte die Lampe, die nur ein ziemlich trübes Licht von sich gab, ein unbehagliches Gefühl.

Nachdenklich betrachtete Lilo die Bögen und die Lampe, und auf einmal wusste sie, woran dieser Raum sie erinnerte.

Sie schluckte.

„Was ist?", wollte Poppi wissen, die sich ganz nah neben Lilo gestellt hatte und sich mit eingezogenem Kopf umsah.

„Halt mich nicht für verrückt, aber das hier sieht aus wie das Innere eines Menschen", raunte ihr Lilo zu. „Wir stehen in einer Art Brustkorb und die Lampe stellt das Herz dar."

„Mensch, du hast Recht!"

Ein dumpfes Pochen ertönte. Kurz-lang. Kurz-lang. Kurz-lang. Es war kein Klopfen, sondern ein dumpfes Tok-tok, das den ganzen Raum erfüllte.

Stumm deutete Poppi zur Lampe, die sich zu bewegen begonnen hatte. Im Rhythmus des Pochens zog sie sich zusammen. Das Licht pulsierte und alles rundherum schien auf einmal zu leben.

„Das Herz … schlägt!", hauchte Poppi.

„Los, weiter!" Lilo packte sie am Arm und zog sie zum Ausgang. Dazu mussten sie aber unter dem schlagenden Herzen durchgehen. Die Mädchen liefen gebückt, obwohl das Herz mindestens drei Meter über ihnen hing.

Wieder schlichen sie durch einen röhrenartigen Gang, in dem keine Lampe brannte. Er führte auf eine kleine Galerie, von der sie hinunter in eine weite Halle blicken konnten.

An den Wänden hingen riesige, meterhohe Ölgemälde von finster blickenden Fürsten in schweren goldenen Gewändern und mit Kronen auf dem Kopf, die wie Helme mit Zacken und Edelsteinen aussahen.

Poppis Augen weiteten sich, als sie sah, was sich zu Füßen der verschiedenen Fürsten tat. Bei einem von ihnen krabbelten riesige Kakerlaken herum, beim anderen schlängelten sich Hunderte von Giftschlangen. Ein Fürst versank in einem blubbernden Moor, der neben ihm in einem Kessel mit kochendem Wasser.

„Wer auch immer dieses Schloss eingerichtet hat, kann nicht ganz richtig im Kopf gewesen sein“, murmelte Lilo.

Unten in der Halle wurde eine Tür geöffnet. Sofort zog Lilo Poppi hinter die Brüstung der Galerie.

In einem der Zimmer wurde heftig gehustet.

„Hör zu, unsere Chefs werden allmählich höchst ungeduldig. Wenn du nicht spätestens morgen auf den Beinen bist, wollen sie uns nicht das volle Honorar zahlen", sagte eine hohe, gequetschte Männerstimme.

Vorsichtig hob Lilo den Kopf und spähte über die Brüstung. An der offenen Zimmertür stand ein buckliger Mann in einer löchrigen braunen Hose und einem zerschlissenen dunklen Wams, wie man es vor zweihundert Jahren vielleicht getragen hatte. Sehr modern hingegen war der Kaugummi, den der Bucklige kaute.

Aus dem Zimmer drang eine krächzende, kranke Stimme. „Was soll ich tun? Glaubst du, ich stelle mich krank, oder was?"

„Ne, ich weiß schon, dass es dich wirklich erwischt hat, René. Ist klar. Aber Schicketanz geht's tierisch auf die Nerven, diesen Vampir zu spielen und ständig auf gefährlichen Blutsauger zu machen."

Der Kranke, der nicht zu sehen war, wurde erneut von einem Hustenanfall geschüttelt.

„Kann ich verstehen", sagte er, als er sich endlich beruhigt hatte, „ich bin mir in diesem Kostüm auch höchst lächerlich vorgekommen."

„Graf Drakul soll übrigens ziemlich sauer sein, weil du ausgefallen bist!", sagte der mit der Quetsch-Stimme.

„Hast du ihn endlich zu Gesicht bekommen?“ Es folgte wieder ein heftiges Husten.

„Nee, Schicketanz richtet mir immer aus, was der Drakul will oder nicht will. Muss ein total durchgeknallter Typ sein, der Herr Graf. Wie kann man sich auch Drakul nennen? Klingt wie ein Tippfehler, als hätte man das A hinten weggelassen." Der Mann mit der Quetsch-Stimme lachte über den eigenen Witz.

„Was brüllen Sie hier herum?", sagte jemand wütend und vorwurfsvoll.

Der Bucklige zuckte erschrocken zusammen. Er drehte sich zu jemandem um, der direkt unter der Brüstung der Galerie stehen musste. Lilo erkannte die Stimme sofort.

„Das ist der Typ, der bei den Chagills die Spinnenbrötchen abgeholt hat. Der mit dem Wagen", flüsterte sie Poppi zu.

„He, Sie sind ja noch gar nicht in Ihrem Vampir-Outfit, Schicketanz!", sagte der mit der Quetsch-Stimme.

„Bitte einen anderen Ton, Oliver, verstanden!", brauste Schicketanz auf. „Ich habe Sie für diesen Job angeheuert und kann Sie jederzeit auch wieder feuern."

„Ich dachte, wir arbeiten für Graf Drakul?" Oliver, die Quetsch-Stimme, sprach den Namen betont gedehnt aus.

„Das tun Sie auch, aber ich regle hier alles für ihn, verstanden? Und jetzt hinauf in den Speisesaal, servieren Sie das Essen. Ich komme zum Dessert. Es gibt heute dieses rote Zeug, in dem die abgehackten Finger schwimmen."

Oliver schüttelte sich. „Einfach ekelhaft, was ihr den Leuten zumutet."

„Das geht Sie überhaupt nichts an!", fauchte Schicketanz. „Sie haben hier nur Ihre Arbeit zu machen. Was wie Blut aussieht, ist übrigens Johannisbeer-Gelee, und die Finger sind aus Marzipan, wirken aber täuschend echt. Der Nachtisch wird in kleinen weißen Schalen mit Deckel serviert. Achten Sie gefälligst darauf, dass die Leute die Deckel gleichzeitig abnehmen und auch alle zur selben Zeit die Überraschung erleben."

„Ja, ja", maulte Oliver und ging aufrecht davon.

„Und sobald Sie in Ihrem Kostüm stecken, haben Sie zu hinken, verstanden?", rief ihm Schicketanz nach.

Artig bückte sich Oliver, ließ die Arme schlenkern und tat so, als würde er das rechte Bein nachschleifen.

Noch immer stand die Zimmertür offen. Schicketanz kam unter der Brüstung hervor. Er trug die Lederjacke und hatte den schwarzen Umhang mit dem roten Futter über dem Arm. Mit großen Schritten ging er auf die Tür zu und betrat den Raum.

„Sie beeilen sich besser mit dem Gesundwerden.

Falls Sie morgen nicht einsatzfähig sind, hole ich Ersatz und Sie fliegen."

Nachdem er das gesagt hatte, knallte er die Tür zu und eilte in dieselbe Richtung wie Oliver.

Lilo und Poppi ließen sich auf den Boden sinken. Fragend sah Poppi ihre Freundin an. „Was hältst du davon?", fragte sie leise.

„Es wird auf jeden Fall Theater gespielt", sagte Lilo nachdenklich. „Das ist ein klein wenig beruhigend. Aber den Zweck verstehe ich noch immer nicht. Und was ist mit den Verschwundenen geschehen?"

Poppi kam ein schrecklicher Gedanke. „Vielleicht findet hier ein Versuch mit Menschen statt."

„Versuch? Was für ein Versuch?"

„Es gibt Tierversuche, bei denen ein neues Medikament getestet wird. Aber manchmal werden Tiere auch in besonders gefährliche Situationen gebracht, weil man sehen möchte, wie sie reagieren." Poppi hatte viel über dieses Thema gelesen und fand es abstoßend. „Einmal wurden Ratten auf eine heiße Platte gestellt, nur um zu testen, wie schnell sie die einzige Stelle finden konnten, die kalt war", erinnerte sie sich.

„Ein Versuch mit Menschen?", murmelte Lilo. „Poppi, ich wünsche mir, dass du nicht Recht hast.

Denn wenn es stimmt, was du sagst, ist das hier alles ganz furchtbar."

„Die Antwort kennt auf jeden Fall dieser Graf Drakul!", sagte Poppi leise. „Wer auch immer das ist. Glaubst du, er hält sich im Schloss auf?"

Lilo nickte langsam. „Davon bin ich überzeugt."

„Dann könnte er uns jetzt gerade beobachten!" Ängstlich sah sich Poppi um.

„Das trau ich ihm zu!", murmelte Lilo.

SÜDSTAR

Axel und Dominik hatten Lilos Rat nicht befolgt.

Wir finden doch den Weg zurück! Was soll daran denn so schwer sein!, hatten sie gedacht und waren einfach kreuz und quer durch das Netzwerk an Gängen, Treppen und Hallen gelaufen.

Dabei hatten sie sich wie Spione in Agentenfilmen benommen. Meistens waren sie eng an die Wand gepresst vorangeschlichen, hatten um die Ecke gespäht, ob die Luft rein war, und waren jederzeit darauf vorbereitet, in Deckung zu gehen.

„Es sind bereits fünfundvierzig Minuten um“, meldete Dominik, der leicht außer Atem war. Axels Tempo war ihm fast zu schnell. „Wir sollten zurück.“

„Sehr erfolgreich waren wir allerdings nicht“,

stellte Axel fest. „Wir haben zwar jede Menge Räume mit schrecklichen Sachen gesehen, aber das bringt uns nicht gerade weiter."

Die Zimmer, die er meinte, hatten es wirklich in sich: In einem ragten aus allen Stühlen spitze Metallstifte. Höchstens Fakire hätten daran ihre Freude gehabt.

In einem anderen waren an einer Wand mindestens hundert Lanzen aufgestellt. Als die Jungen vorbeigingen, klappten die Lanzen so knapp hinter ihnen herunter, dass eine sogar die Kapuze von Dominiks Jacke streifte.

Der scheußlichste Raum war ein Kabinett gewesen, in dem in zahlreichen Wandnischen hohe Glasbehälter standen. In zähen Flüssigkeiten schwammen Köpfe ohne Körper, in denen noch Leben zu sein schien. Als die beiden Knickerbocker den Raum betreten hatten, waren auf einmal alle Blicke auf sie gerichtet. Die Köpfe hatten sogar zu sprechen begonnen. Es war eindeutig zu erkennen gewesen, wie sie die Lippen bewegten, doch sie brachten keinen Ton heraus.

„Gute Tricks", hatte Dominik gemurmelt. „Sehr gute Tricks, bestimmt aus Hollywood."

Niemals hätte er zugegeben, dass die Köpfe ihm eine Gänsehaut kombiniert mit Schüttelfrost beschert hatten. Auf keinen Fall wäre er allein durch diesen Raum gegangen.

„Na gut, lass uns umkehren“, erklärte sich Axel bereit.

Nach dem nächsten Gang aber standen die Jungen vor einem neuen Problem. Vor ihnen lag eine Art Kreuzung, von der mehrere Gänge abzweigten. Sie konnten sich nicht erinnern, durch welchen sie gekommen waren.

Also wählten sie den größten und liefen los.

Es ging treppauf und treppab und schließlich standen sie vor einer Mauer, die ihnen den Weg versperrte. Sie mussten zurück und einen anderen Gang ausprobieren. Nach einigen Versuchen schien es so, als würde sie keiner zum Ziel führen.

„Mist“, schimpfte Axel vor sich hin. Er wusste, sie hatten sich verirrt, und er konnte schon Lilos spöttisches Grinsen sehen, wenn sie davon erfuhr. „Irgendwo muss es doch zurückgehen zu Lunas Zimmer“, brummte Axel missmutig.

„Pssst!“ Dominik legte den Finger auf die Lippen. „Sei mal ganz still.“

Die Jungen hielten die Luft an und lauschten.

Ganz leise war das Klappern von Besteck zu hören. Jemand redete, aber es war nichts zu verstehen.

Dominik gab Axel ein Zeichen, ihm zu folgen. Er

hatte ein ausgezeichnetes Gehör und versuchte nun, die Richtung auszumachen, aus der die Geräusche kamen. Da musste sich nämlich der Speisesaal mit der langen Tafel befinden und von dort aus kannten sie den Weg zu Lunas Zimmer.

Im nächsten Raum blieb Dominik stehen und sah sich um.

Es gab einen offenen Kamin, zwei schwere, dick gepolsterte Ledersessel und mehrere mannshohe Statuen, die alle Wesen darstellten, die halb Mensch, halb Stier waren.

Was Dominik so stutzig machte, waren die Stimmen. Sie hörten sich an, als wären sie ganz nah, obwohl er niemanden sehen konnte.

Da er nicht an Geister glaubte, musste es eine einfache Erklärung für alles geben.

Axel verstand Dominiks Zögern und half ihm suchen.

„He, dort!", sagte er leise und deutete auf die Wand zwischen den Statuen, wo Ölgemälde hingen, die sehr hoch und sehr schmal waren. Sie boten Einblicke in gruselige Gärten mit fleischfressenden Pflanzen.

Die Bilder selbst interessierten Axel wenig. Ihm war jedoch aufgefallen, dass bei jedem Bild eine Seite des Rahmens etwas weiter von der Wand weg stand als die andere. Zaghaft griff er nach einem der Rahmen und zog vorsichtig daran. Dominik tat das Gleiche.

Wie Türen öffneten sich die Bilder.

Dahinter befanden sich Fenster, durch die man direkt in den Speisesaal sehen konnte.

Erschrocken klappte Axel sein Bild wieder zu. Dominik jedoch nicht.

„He, die sehen dich doch!“, zischte ihm Axel warnend zu.

„Tun sie nicht! Das sind halb durchlässige Spiegel. Im Speiseraum denkt jeder, es wären normale Spiegel. Von dieser Seite aber wirken sie wie Fenster und man kann hindurchsehen.“

Axel verzog den Mund. Er konnte es nicht leiden, wenn Dominik etwas schneller durchschaute als er. Schließlich war sein Freund der Jüngere.

„Und wieso hören wir die Stimmen?“, fragte er.

Auch auf diese Frage wusste Dominik eine Antwort. Er klappte sein Bild wieder zur Seite und deutete auf runde Löcher in der Wand. Im Speisesaal waren Gitter davor angebracht, sodass sie wie Luftschächte wirkten.

Axel warf erneut einen Blick durch die Öffnung hinter seinem Bild. Er konnte Luna sehen. Direkt neben ihr saß Jasmin, die mit den herabhängenden

Haaren und dem lang gezogenen Gesicht wie eine Trauerweide aussah.

Zu Lunas Rechten machte er einen Mann aus, der hungrig Kartoffelbrei und Fleischstücke in sich hineinschaufelte. Es handelte sich um einen bulligen Kerl mit Stiernacken.

„Endlich gibt's mal was Anständiges zu futtern", schnaufte er schmatzend.

Luna warf ihm einen missbilligenden Blick zu. Sie hielt eine Menge von guten Manieren – Axel bekam das manchmal zu spüren, wenn er sich danebenbenahm.

Der Bucklige kam und zog den Leuten die oft noch halb vollen Teller vor der Nase weg. Der bullige Typ neben Luna regte sich darüber sehr auf, aber es nützte ihm nichts.

Zur Nachspeise wurden weiße Porzellanschalen serviert, die alle einen Deckel trugen. Als der Bullige einen Blick darunter werfen wollte, klopfte ihm der Bucklige mit einem Löffel kräftig auf die Finger.

„Erst auf mein Zeichen", erklärte er mit schiefem Mund und nur schwer verständlich. Als alle eine Schale vor sich stehen hatten, sagte er: „Jetzt!"

Die Deckel wurden gehoben, einige gleich wieder fallen gelassen. Jasmin erschrak so heftig, dass sie die Schale von sich stieß und die rote Soße über das weiße Tischtuch schüttete. Mittendrin schwamm ein Finger.

„Das ist eine Zumutung! Ich lasse mir das nicht länger gefallen!", schrie sie.

Der Dicke steckte seinen Daumen in die rote Soße und kostete.

„Entwarnung, ist nur rote Grütze. Leckere Mischung aus Sauerkirschen, Himbeeren, Johannisbeeren und Brombeeren. Ich wette, der Finger ist auch essbar."

Luna griff zu und biss ein Stück ab.

„Marzipan", meldete sie fröhlich grinsend. Zu Jasmin sagte sie: „He, langsam müsstest du doch schon die dämlichen Scherze dieses Grafen gewöhnt sein."

Jasmin warf ihr einen giftigen Blick zu und verschränkte die Arme vor der Brust.

„Ich hätte niemals … hier mitmachen dürfen!", murmelte sie.

Der Bullige sagte schmatzend: „Hast du aber, weil du wie wir anderen gierig auf das Gold bist. Aber wenn du in so einer Firma arbeiten würdest wie ich, dann würde dich nichts mehr erschrecken, das kannst du mir glauben."

„Was tust du denn so?", fragte ihn Luna. „Organisierst du Beerdigungen oder bist du Kerkermeister oder arbeitest du als Geist in der Geisterbahn?"

„Du bist gut!", gluckste der Dicke. Beim Lachen hüpfte er auf dem Stuhl auf und nieder. „Ich bin im Sicherheitsdienst. Arbeite für eine Firma, die mit Diamanten handelt. Dort habe ich Klunker gesehen, die so groß wie Taubeneier waren. Vorher war ich Leibwächter bei einem Filmstar, aber immer nur herumstehen und kreischende Mädchen abwehren war mir zu langweilig."

„Klingt aufregend, dein Job. Und, schon mal etwas wirklich Gefährliches erlebt?"

„Oh ja, das heißt, leider nicht direkt. Ich hatte Dienst in der Firma, als jemand eine Sekretärin überfallen hat. Sie wurde gezwungen, den Tresor zu öffnen, und der Täter ist mit Diamanten im Wert von Millionen, vielen Millionen davongekommen."

Spöttisch meinte Luna: „Na, sehr gut scheinst du in deinem Job nicht zu sein."

Empört schlug der Dicke mit der speckigen Faust auf den Tisch. „Das will ich nicht gehört haben. Ich bin erstklassig. Aber der Raub ist bis heute ein Rätsel. Der Dieb hatte keine Alarmanlage ausgelöst, schien durch Wände gehen zu können und vor allem sämtliche Sicherheitssysteme der Firma zu kennen. Er ist unerkannt erschienen und wieder verschwunden. Die Sekretärin hatte er schwer verletzt, und als sie zu sich kam und den Alarmknopf drückte, war bereits eine ganze Stunde vergangen."

Auf der anderen Seite des Tisches hatte ein anderer Mann gespannt zugehört. Er hätte neben dem Dicken den Doofen spielen können. Nicht, weil er doof war, sondern weil er ein bisschen wie Stan Laurel aussah: langes, etwas dämliches Gesicht und oben auf dem Kopf ein kräftiges Haarbüschel.

„Sag mal, heißt diese Firma vielleicht *Südstar*?", fragte er.

Der Dicke nickte. „Kennst du sie?"

„Klar! Ich habe auch von diesem Überfall gehört. An dem Tag haben wir gerade den obersten Stock des Firmengebäudes gestrichen. Ich habe allein gearbeitet, weil meine beiden Kollegen an diesem Tag krank waren."

Eine Frau mit riesiger Brille, die sie wie eine Eule erscheinen ließ, mischte sich jetzt ein. „Ich habe damals auch für *Südstar* gearbeitet", sagte sie.

Neugierig sahen die beiden Männer sie an.

„Habe dich aber nie gesehen", meinte der Dicke.

„Ich bin Computerexpertin. An dem besagten Tag habe ich Geräte installiert, und zwar genau neben dem Raum, in dem der Überfall passiert ist. Die Polizei hat mich mindestens zwanzigmal deswegen vernommen. Ich bin mir schon richtig schuldig vorgekommen, obwohl ich von der ganzen Sache damals nichts mitbekommen habe. Als ich gegangen bin, wusste noch niemand von dem Überfall, und am nächsten Tag habe ich davon in der Zeitung gelesen." Als sie an die Befragungen der Polizei dachte, schüttelte die Frau noch heute missbilligend den

Kopf. Sie waren ihr damals wirklich sehr unangenehm gewesen. Die Nachbarn in ihrem Haus hatten schon hinter ihrem Rücken getuschelt.

Ein Stuhl kippte nach hinten und krachte zu Boden. Jasmin war aufgesprungen. Sie presste die Serviette vor den Mund und stürzte davon.

„Was hat sie denn?", wollte der Dicke wissen.

Luna zuckte mit den Achseln.

Auf einmal schnippte der Dicke mit den Fingern. Es hörte sich so laut an wie ein Schuss. „Da wird doch der Hund in der Pfanne verrückt!", rief er aus. „Die gute Tante ist mir die ganze Zeit bekannt vorgekommen. Jasmin sagt mir nichts. Aber jetzt weiß ich es wieder. Sie heißt mit Nachnamen irgendwie Spanier oder Italiener oder Franzose oder so. Irgendein Land ist im Namen. He, die hat auch bei *Südstar* gearbeitet. Als Putzfrau. Klar! Und zwar in dem Stockwerk, in dem der Tresor stand. Sie gehörte zu den Verdächtigen."

Dominik und Axel sahen sich überrascht an.

Aus dem Nebenraum, der rechts an das Kaminzimmer anschloss, drang das Geräusch von Schritten. Sie hörten eine Frau keuchen und würgen. Es musste Jasmin sein. Am Geräusch ihrer Schuhe war zu erkennen, dass sie eine Treppe hinauflief.

Axel klappte das Bild zu und zischte: „Komm!"

EIN SCHWERER VERDACHT

Nur wenige Schritte von ihnen entfernt befand sich genau die Treppe, die sie zum Korridor der Schlafzimmer führte.

Jasmin verschwand sofort in ihrem Zimmer und knallte die Tür zu. Die Jungen, die ihr nachgegangen waren, hörten, wie sie innen einen Riegel vorschob. Auf Zehenspitzen schlichen sie hin und lauschten. Es hörte sich an, als würde die Frau herumlaufen. Schließlich ertönte ein lautes Knarren. Sie musste sich auf das Bett geworfen haben.

Axel zupfte Dominik an der Jacke und ging zu Lunas Zimmer zurück. Dort warteten bereits die Mädchen.

„Habt ihr gerade eine Tür zugeknallt?", fragte Lilo vorwurfsvoll.

„Natürlich nicht!“, zischte Axel aufgebracht.

„Aber ich wette, ihr habt keine grünen Ks auf die Wände gezeichnet und euch verlaufen.“

„Wir wissen eine Menge Neuigkeiten“, erklärte Axel stolz, ohne auf Lilos spöttisches Grinsen zu reagieren.

Die Knickerbocker-Bande hielt eine ihrer Besprechungen ab. Jeder wollte gleichzeitig loswerden, was es zu sagen gab, und so redeten alle durcheinander.

„Stopp, einer nach dem anderen!“ Dominik hob die Hände und sagte höflich: „Die Damen zuerst.“

Lilo streckte ihm die Zunge heraus und begann zu berichten.

Als die Jungen gerade den Vorfall mit Jasmin schilderten, kam Luna vom Essen zurück. Aus ihrer Tasche holte sie mehrere Brötchen und reichte sie den Freunden.

„Was Besseres war leider nicht zu bekommen. Die anderen Leute, die da sind, müssen denken, ich sei auf einmal zum Vielfraß geworden, weil ich all die Brötchen an mich genommen habe.“

Luna staunte, als ihr Axel und Dominik genau sagen konnten, was sich heute beim Abendessen abgespielt hatte.

„Der Vampir war wieder da und hat uns ermahnt,

schneller zu suchen. Graf Drakul sei schon sehr ungeduldig, und wenn es nicht bald Ergebnisse gäbe, stünden uns schreckliche Stunden bevor!“ Luna ließ sich auf die Bettkante nieder. „Ganz ehrlich, das hier ist kein Spiel. Da steckt etwas sehr Ernstes dahinter und mittlerweile haben alle Angst, auch wenn sie es niemals zugeben oder zeigen würden. Misstrauen macht sich breit. Jeder verdächtigt den anderen. Ich möchte euch so schnell wie möglich hier rausschaffen. Die Verantwortung ist viel zu groß.“

Nach einem tiefen Seufzer meinte sie: „Ich hätte euch niemals mitnehmen dürfen. Das verzeihe ich mir nie!“

Axel sah Luna mitleidig an. „He, was ist mit deiner Coolness? Reg dich ab! Bleib ganz ruhig! Uns geschieht schon nichts. Wir haben bereits ganz andere Dinge erlebt.“ Beinahe hätte er „überlebt“ gesagt, aber im letzten Augenblick hatte er sich bremsen können.

„Als Nächstes finden wir heraus, was in diesem Schloss läuft!“, erklärte Lilo fest entschlossen.

Poppi kam ein Verdacht, den sie sofort loswerden musste: „Diese Jasmin … vielleicht ist sie die Diamantendiebin. Sie hat doch etwas unter ihrem Pulli versteckt.“

„Keine üble Idee“, meinte Axel und zupfte die Schlange aus seinem Brötchen, die täuschend echt aussah, aber aus Fruchtgummi war. „Sie könnte die Beute bei sich haben und versuchen, sie irgendwo zu verstecken.“

Lilo knetete ihre Nase. „Ich halte es nicht für einen Zufall, dass gleich vier Leute hier sind, die alle mit dieser Firma *Südstar* und dem Diamantenraub zu tun haben.“

„Es gibt noch einen fünften, der dazugehören könnte“, sagte Axel.

„Wen?“

„Den Vampir! Jasmin hat doch einen Schock bekommen, als sie ihn beim Gehen gesehen hat. Und heute hatte sie Panik, als sie feststellte, dass es andere Leute gibt, die von dem Raub wissen und in die Geschichte verwickelt waren.“

„Die müsste sie doch schon am ersten Tag erkannt haben?“, wunderte sich Dominik.

Lilo versuchte, eine Erklärung zu finden. „Der Maler war nur kurz da und in einem anderen Stockwerk, die Computerfrau arbeitete auch nicht regelmäßig bei *Südstar* und der Wächter ist ihr vielleicht nie aufgefallen.“

Es blieb die Frage offen, was der Vampir mit alldem zu tun hatte.

„Er heißt, wie wir mittlerweile wissen, Schicketanz und ist der Verbindungsmann zu Graf Drakul!“, warf Poppi ein.

Lilo schnippte mit den Fingern. „Leute, das ist es. Schicketanz scheint der Schlüssel zu vielem zu sein. Morgen müssen wir uns an seine Fersen heften.“

Axel fiel etwas ein. „Ich habe eine Idee, wo sich dieser Graf Drakul aufhalten könnte.“

„Wo?“, wollten die anderen sofort wissen.

„Gegenüber der Garage. Schicketanz kam doch dort aus dem Zimmer und hat mit jemandem gesprochen.“

„Bingo!“ Lilo klopfte Axel anerkennend auf die Schulter. „Das hätte mir auch einfallen können. Unser erster Weg führt also dorthin.“

Poppi und Dominik gähnten.

„Aber nicht mehr heute, oder?“, fragte Poppi.

„Doch, denn um diese Zeit ist die Gefahr am geringsten, jemandem zu begegnen. Allerdings wäre es besser, wenn ihr hierbleibt. Zu viert sollten wir nicht losziehen.“

Die beiden jüngeren Mitglieder der Knickerbocker-Bande hatten nichts dagegen.

Draußen auf dem Gang war Ruhe eingekehrt, alle Schatzsucher befanden sich auf ihren Zimmern. Lilo und Axel versprachen, schnell wieder zurückzukommen und keine weiteren Nachforschungen ohne Dominik und Poppi anzustellen.

Über dem Schloss lag die Stille wie eine drohende Gefahr. Die beiden Knickerbocker hörten nur ihren Atem und das Pochen ihrer Herzen.

Es war nicht so einfach, im Labyrinth der Gänge den Weg zur Garage zu finden. Immer wieder waren sich Axel und Lilo nicht einig.

Endlich hatten sie es geschafft. Sie erkannten die Treppe, die sie hinaufgegangen waren und die in die kleine Halle zum Kronleuchter mit den Riesenaugäpfeln führte.

„Das darf nicht wahr sein“, stöhnte Axel auf.

Am Ende der Treppe war ein Gitter heruntergelassen.

Lilo deutete zur Garagentür. Jemand hatte außen drei Stahlbänder angeschraubt und Vorhängeschlösser angebracht.

Axel beschlich ein unbehagliches Gefühl. „Die scheinen bemerkt zu haben, dass ich am Schloss herumgewerkelt habe.“

Sehnsüchtig sah Lilo zu der Tür, aus der Schicketanz gekommen war. Sie war verschlossen und möglicherweise verbarg sich dahinter das Geheimnis dieses Schlosses. Allerdings war es völlig unmöglich hinzugelangen. Das Gitter hing an mehreren massiven Metallhaken, die fest mit dem Mauerwerk verbunden waren.

Enttäuscht stapften die beiden Knickerbocker zurück. Der Weg zu Lunas Zimmer schien auf einmal viel länger als zuvor zu sein.

So leise wie möglich öffnete Axel die Zimmertür und schlüpfte hinein. Lilo folgte ihm.

„Moment mal, was soll das?", murmelte sie.

Im Zimmer war es stockfinster.

„Wir waren doch nur ein paar Minuten fort, die können doch nicht schon schlafen!", flüsterte sie Axel zu. Auf einmal überkam Lilo Panik. Sie riss Axel am Ärmel und zischte: „Raus, komm!"

„Aber …!" Axel blieb in der Dunkelheit stehen.

„Raus!"

„Nein!" Tastend suchte Axel nach dem Lichtschalter an der Wand. „Luna? Poppi? Dominik?", flüsterte er in das finstere Zimmer. „Sagt was!"

Es kam keine Antwort.

Lilo zappelte draußen auf dem Gang herum. Ständig sah sie nach links und rechts, ob vielleicht jemand kam oder eine Tür sich öffnete, weil einer der anderen Teilnehmer sie gehört hatte.

Es klickte und das Licht in Lunas Zimmer ging an. Axel hatte den Schalter also gefunden.

Aber was war geschehen?

Schreie in der Nacht

Von Axel kam kein Ton.

Lilo warf einen Blick über seine Schulter und begriff, wieso er wie erstarrt war.

Lunas Zimmer war leer.

Auf der Bettkante war noch zu sehen, wo sie gesessen hatte. Krümel auf dem Boden zeigten die Stelle, an der Dominik gehockt hatte.

„Wo sind sie?", fragte Lilo heiser.

Von Axel kam nur ein Schulterzucken.

„Gibt es ein Badezimmer? Könnten sie sich eingeschlossen haben?"

Ganz leise war eine Klospülung zu hören.

Die Knickerbocker huschten in Lunas Zimmer und ließen die Tür einen kleinen Spalt offen. Draußen auf dem Gang ertönte ein Knarren. Lilo spähte hinaus und sah den Dicken in einem gestreiften Nachthemd, das ungefähr die Größe eines halben Zirkuszelts zu haben schien. Gemächlich schlappte der Mann auf ein Zimmer zu, gähnte wie ein Nilpferd und schloss die Tür leise hinter sich.

Kaum war er fort, huschte Lilo zu dem Raum, aus dem er gekommen war. Sie entdeckte ein altmodisches Badezimmer mit vergoldeten Wasserhähnen und Waschbecken, die aussahen wie riesige Muscheln. An den Wandhaken hingen mehrere Handtücher.

Als Lilo in Lunas Zimmer trat, hockte Axel auf dem Bett und knetete den Stoff seiner Baseballkappe.

„Das Badezimmer ist auf dem Gang, aber dort sind sie nicht“, berichtete Lilo.

„Und hier sind sie auch nicht. Ich habe sogar in den Schrank geguckt.“

„Aber wohin sollen sie verschwunden sein?“

„Keine Ahnung. Vielleicht haben Poppi und Dominik irgendetwas gehört und sind dem Geräusch nachgegangen.“ Axel glaubte das aber selbst nicht wirklich. Er wusste, dass die beiden auf jeden Fall eine Nachricht für sie hinterlassen hätten.

Lilo ließ sich neben Axel auf das Bett sinken.

„Was machen wir jetzt?“

„Ich gebe zu, ich habe echt Angst!“, gestand Axel leise.

„Geht mir genauso.“

„Luna ist wohl verschwunden wie die anderen vier vor ihr. Und Dominik und Poppi … mit ihr!“, vermutete Axel.

„Niemand kann sich in Luft auflösen. Sie müssen irgendwo im Schloss sein!“

Axel warf ratlos die Arme in die Luft und seufzte verzweifelt. „Wo sollen wir suchen? Hier verirrt man sich schon, wenn man nur aufs Klo geht.“

An der Tür entdeckte Lilo einen Riegel, den sie vorschob. Sie fühlte sich jetzt ein klein wenig sicherer, obwohl sie damit rechnete, dass der geheimnisvolle Graf Drakul bestimmt jede Tür öffnen konnte und vielleicht sogar versteckte Zugänge zu den Zimmern hatte.

„Ich weiß einfach nicht, was wir jetzt tun sollen.“ Lilo seufzte. „Das … das ist mir wirklich noch nie passiert.“

Die beiden streckten sich auf dem großen Himmelbett aus, verschränkten die Arme im Nacken und starrten nach oben.

Hunderte Gedanken und Befürchtungen rasten durch ihren Kopf …

Ohne es zu wollen, schliefen die beiden Knicker-

bocker fast gleichzeitig ein. Sie waren vollkommen erschöpft.

In seinem Zimmer saß Graf Drakul auf dem geschnitzten Dämonen-Thron. Nur der rechte Mundwinkel zuckte immer wieder nach oben. Es gefiel dem Grafen, Axel und Lilo zu beobachten. Er hoffte, sie würden die Nerven verlieren, wenn sie wieder erwachten, und versuchen, das Schloss auf den Kopf zu stellen. Weil er den beiden eine solche Aktion zutraute, hatte er Luna auch frühzeitig verschwinden lassen. Die Kinder, die sich bei ihr aufgehalten hatten, hatten ebenfalls daran glauben müssen.

Sorgen bereitete dem Grafen allerdings sein Helfer Schicketanz. Der Mann entsprach nicht dem, was er sich von ihm erwartet hatte. Schicketanz war nachlässig und schlampig. Es war sein Fehler, dass das einzige Telefon in der Bibliothek nicht rechtzeitig weggeräumt worden war. Zum Glück war nur ein Anruf getätigt worden, und der hatte wohl diesen vier seltsamen Kindern gegolten, die er nun aber unter Kontrolle hatte.

Graf Drakul war auch sehr unzufrieden mit der Art, wie Schicketanz die Rolle des Vampirs spielte. Gut, er war eingesprungen, da der richtige Darsteller erkrankt war. Aber wieso war er immer so schrecklich nervös, wenn er vor die Leute trat?

War das Lampenfieber?

Der Graf hatte beobachtet, wie Schicketanz vor den Auftritten als Vampir heimlich aus dem Schloss schlich, um unter den langen Ästen einer Trauerweide eine Zigarette zu rauchen.

Schicketanz wusste, dass Rauchen im Schloss strengstens verboten war, deshalb hatte er es heimlich getan. Und dabei die Tür offen gelassen. Wenn zufälligerweise gerade in dem Moment einer der

Schatzsucher die Treppe heruntergekommen wäre, hätte er das Schloss verlassen können.

Nicht auszudenken, was dann geschehen wäre!

Bestimmt wäre die Polizei alarmiert worden. Graf Drakul hätte ihr die Tür öffnen müssen und sein ganzer Plan wäre aufgeflogen. Alle Vorbereitungen, die er ein Jahr lang getroffen hatte, wären gescheitert gewesen.

Auf einem schwarzen Eichenschreibtisch, der die Größe eines kleinen Zimmers hatte, lagen Steckbriefe der dreizehn Leute, die in das Schloss eingeladen worden waren.

Nachdem er aus Tausenden von Bewerbungen seine Opfer ausgewählt hatte, war etwas Seltsames geschehen: Vier Teilnehmer, zwei Frauen und zwei Männer, waren nicht gekommen. Statt ihnen erschienen andere Leute, deren Bild Graf Drakul noch nie zuvor gesehen hatte. Sie hatten Einladungen abgegeben, die von Graf Drakul unterschrieben waren und ihre Namen trugen. Aber es waren ganz bestimmt nicht die Leute, für die er sich entschieden hatte.

Heute, beim Abendessen, war auf einmal die Sprache auf *Südstar* gekommen, und zu seiner großen Überraschung hatten offenbar genau diese vier Personen mit *Südstar* zu tun.

„Und Schicketanz hat auch mal für *Südstar* gearbeitet. Es ist gar nicht lange her!“, murmelte der Graf nachdenklich. Er richtete sich auf und strich sich mit dem Zeigefinger grübelnd über sein spitzes Kinn. „Es ist wohl an der Zeit, die Karten auf den Tisch zu legen. Der Bursche verheimlicht mir etwas, aber damit ist jetzt Schluss!“, sagte er und ging auf die Tür zu.

Es war ein Uhr morgens. Schicketanz hielt sich bestimmt in seinem Zimmer auf. Wahrscheinlich schlief er, aber der Graf beschloss, ihn zu wecken. Er konnte es nicht ausstehen, wenn man versuchte, ihn zu hintergehen oder für dumm zu verkaufen.

Axel und Lilo schliefen tief und traumlos. Es war, als würden beide lautlos durch ein tiefes schwarzes Meer treiben.

Ein Schrei zerriss die Stille der Nacht.

Lilo war sofort hellwach. Aufrecht saß sie im Bett und ihr Herz raste wie verrückt.

Auch Axel war munter geworden, stützte sich auf die Ellenbogen und blinzelte verschlafen in das schummrige Licht des Zimmers.

„War da was?“, fragte er gähnend.

Er bekam keine Antwort. Regungslos saß Lilo da und versuchte, ein weiteres Geräusch zu erlauschen.

Aber es kam keines.

„Wer hat eben geschrien?“ Lilos Stimme klang gepresst, als hätte sie Mühe zu sprechen.

Axel schluckte. „Willst du … nachsehen?“

Jetzt fiel ihnen auch wieder ein, dass Luna und ihre Freunde spurlos verschwunden waren. Sie hatten Angst vor der unbekannten Gefahr, die hinter jeder Ecke des Schlosses lauerte und jederzeit auch sie angreifen konnte.

Mit weichen Knien schlich Lilo zur Tür und schob den Riegel zur Seite. Zaghaft streckte sie den Kopf hinaus auf den Gang.

Leer.

Alles war wie am Abend, bevor sie eingeschlafen waren.

Nebenan rüttelte jemand an der Tür.

„Was soll der Quatsch, aufmachen!“, hörte sie einen Mann rufen. Es war wohl der Bullige, der aufgebracht an der Tür zerrte. Jemand musste ihn eingeschlossen haben.

Lilo nahm allen Mut zusammen und ging auf den Gang hinaus. Sie schlich zur Nebentür, hinter der der Dicke noch immer tobte und schimpfte.

„Ist ja irre“, staunte Lilo.

In der Schnitzerei des Türrahmens gab es versteckt einen Riegel, den man vorklappen und an der

Tür einhaken konnte. Danach war es nicht mehr möglich, diese von innen zu öffnen. Lilo tappte zu den anderen Zimmertüren und sah, dass bei den meisten der Riegel vorgelegt war. Hinter unverschlossenen Türen befanden sich leere Zimmer, in denen nichts mehr an die Personen erinnerte, die hier gewohnt hatten.

„Unsere Tür war auch nicht verriegelt, weil Luna verschwunden ist“, überlegte Lilo laut.

Wieder stand sie vor einer, die sogar nur angelehnt war. Aus dem Zimmer fiel ein schwacher Lichtstreifen auf den Gang. Lilo tippte die Tür mit der Schuhspitze an, woraufhin sie leise knarrend aufschwang.

Sie sah ein zerwühltes Bett und über dem Stuhl lagen ein Pulli und ein langer Rock, die ihr sehr bekannt vorkamen. Es waren ohne Zweifel die Klamotten von Jasmin.

Sie war das nächste Opfer!, schoss es Lilo durch den Kopf.

„Neeeiiiin!“, hallte es von weit her durch die Gänge. „Hiiiilfe!“

Das war die Stimme von Jasmin!

Axel kam aus dem Zimmer gestürzt.

„Los, in diese Richtung!“, befahl Lilo. Sie überlegte nicht lange, ob das, was sie vorhatte, richtig oder falsch war. Jasmin war in Gefahr und vielleicht konnten die Knickerbocker ihr helfen. Sie mussten es versuchen. Taten sie es nicht, würden sie sich das bestimmt nie verzeihen.

RÜCKKEHR IN DIE GRUFT

Lilo war sich nicht sicher, in welche Richtung sie gehen sollten.

„Warte!“ Axel drehte noch einmal um und rannte in Lunas Zimmer. Als er zurückkam, klimperte etwas in seiner Hand.

„Die Schlüssel, ich habe sie aus Lunas Tasche genommen“, flüsterte er.

Lilo streckte den Daumen in die Höhe. Gut, dass Axel daran gedacht hatte.

„Ich habe einen Verdacht“, meldete der Knickerbocker leise, während sie durch die Gänge und über die Treppen liefen und dabei ständig nach Spuren Ausschau hielten.

„Was für einen Verdacht?“ Lilo blieb stehen und sah ihn fragend an.

„Die Gruft mit den dreizehn Särgen. Vielleicht ... werden die Leute, die verschwinden, dorthin gebracht."

„Glaubst du wirklich?" Lilo fühlte, wie sich die Härchen auf ihren Armen und Beinen aufstellten. Sie schauderte. „Aber ... aber das sind Särge. Was soll dort mit den Leuten geschehen? Axel! Weißt du, was das bedeutet?"

Ihr Knickerbocker-Freund nickte.

„Vielleicht ist es noch nicht zu spät. Wir müssen die Gruft finden und nachsehen."

Lilo gab ihm Recht. „Die Gruft muss irgendwo ganz unten im Schloss sein. Wir dürfen also keine Treppen mehr nach oben nehmen, sondern nur noch hinuntergehen. Irgendwann müssen wir sie dann finden – hoffe ich wenigstens."

Lilo und Axel blieben dicht beisammen. Unter keinen Umständen wollten sie sich jetzt verlieren und vielleicht auf einmal allein in diesem Gruselschloss stehen. Das wäre der absolute Albtraum.

Es war nicht so einfach, Treppen zu finden, die nach unten führten. Die meisten schienen nach oben zu gehen.

„He, halt mal!" Axel deutete auf einen Teppich an der Wand. Langsam leuchtete er ihn mit der Taschenlampe ab.

„Das ist ein Querschnitt durch das Schloss!“, stellte Lilo nach einer Weile fest. „Hier … da ist die Gruft eingezeichnet. Und ein Stück höher der Speisesaal.“ Sie fand auch die Galerie mit den unheimlichen Porträts der verschiedenen Herrscher, die Bibliothek, von der Luna erzählt hatte, und oben auf dem Dach …

„Eine Kugel! Ein kugelförmiger Raum, der leuchtet!“, flüsterte Axel. „Ein Raum *ohne* Ecken. Dort ist das Gold des Grafen Drakul versteckt.“

Lilo schüttelte nachdenklich den Kopf. „Äußerst seltsam, dass noch niemand dort oben war.“

„Ist wahrscheinlich sehr schwierig hinaufzukommen“, vermutete Axel.

„Zuerst in die Gruft und dann aufs Dach!“, sagte Lilo. Auf der Zeichnung des Schlosses, die in den Teppich gewebt war, erkannten sie einen blutroten Tropfen. Er befand sich in einem Raum, in dem spitze Pfähle von der Decke hingen.

Axel leuchtete nach oben und machte Lilo stumm darauf aufmerksam, dass sie sich genau in diesem Raum befanden.

„Super!“, sagte Lilo leise.

„Super? Die Dinger können jeden Moment herunterfallen und …“ Axel wollte sich nicht vorstellen, was dann geschah.

„Super ist, dass wir ganz in der Nähe des Zimmers sind, in dem wir vorgestern waren. Du weißt schon, das mit den Wandteppichen, die die Gänge verdecken und in dem uns diese Jasmin zum ersten Mal begegnet ist."

Lilo deutete auf einen Teil des Querschnitts, der sich nur zwei Räume von ihnen entfernt befinden musste. „Komm!"

Da Axel noch immer mit einer langen Denkfalte auf der Stirn den Teppich anstarrte, zog sie ihn einfach am Ärmel weiter.

Tatsächlich standen sie bald vor der Rückseite eines der Teppiche. Mit den Händen schoben sie den Schlitz auseinander und betraten den Raum, den sie bereits kannten. Über die Treppe gelangten sie in die kleine Halle. Die schwarze Pforte war leider abgeschlossen.

Bevor sie die Gruft betraten, atmeten die beiden Knickerbocker tief durch. Sie nickten einander zu und packten gleichzeitig den Türknauf.

Aus der Gruft drang blaues Licht. Wieder schlug ihnen kalte Luft entgegen.

Lilo unterdrückte einen Aufschrei. Mit der Hand vor dem Mund starrte sie auf die Särge.

Die ersten fünf waren geschlossen. Von den restlichen acht waren die Deckel nach hinten geschoben worden. Das Innere war mit feuerroter Seide ausgekleidet, die leuchtete, als würde sie glühen.

„Fünf ... sind zu ... und fünf der Leute ... sind verschwunden“, stammelte Lilo.

„Eigentlich sechs, du musst Jasmin dazuzählen“, flüsterte Axel heiser.

Wie angewachsen standen die beiden Knickerbocker da und wussten nicht so recht, was sie nun tun sollten.

„Glaubst du ... in den Särgen ... liegen ...?“ Weiter kam Axel nicht.

Lilo wusste nicht, was sie glauben sollte.

Sie wusste nur, was sie hoffte.

„Ich ... ich will es wissen“, sagte Axel. „Ich muss wissen, ob ...“

„Heißt das etwa, wir sollen den Deckel ...?“ Nun schaffte Lilo es nicht weiterzusprechen.

Ohne eine Antwort zu geben, ging Axel langsam auf den Sarg mit der Nummer fünf zu. Bei jedem Schritt schlug sein Herz schneller. Trotz der Kälte, die in der Gruft herrschte, schwitzte er am ganzen Körper.

Noch immer stand Lilo an der Tür. Sie konnte sich nicht überwinden, Axel zu folgen.

„Mach schon“, fuhr er sie an. „Komm, wir ... wir müssen es wissen.“

Zögernd näherte sich Lilo ihrem Freund. Ihre Beine schienen immer schwerer zu werden. Sie kam kaum von der Stelle.

Axel hatte bereits nach dem oberen Rand des Sargdeckels gegriffen. Das Holz fühlte sich an wie pures Eis.

Lilo stand am Fußende und sah ihn fragend an.

„Ja", sagte Axel leise. „Wir müssen, los!"

Sie packten zu und hoben den schweren Deckel. Es gab ein Geräusch, das an ein sattes, tiefes Schmatzen erinnerte.

Am Ende der Gruft, nur ein paar Meter von den beiden Knickerbockern entfernt, knirschte es, als würde Stein über einen sandigen Boden reiben. In dem bläulichen Licht erkannte Lilo, wie ein Teil der Mauer sich drehte.

„Verstecken!", zischte sie Axel zu.

Die beiden Knickerbocker sprangen hinter das Podest, auf dem der Sarg stand, und kauerten sich nieder. Vor Angst und Anspannung zitterten sie am ganzen Körper.

Langsame, schwere Schritte kamen aus der Tiefe.

BRUDERHERZ

Lilo beugte sich zur Seite und spähte an dem Steinsockel vorbei in die Richtung, aus der das Knirschen gekommen war.

Ein quadratisches Stück Mauer schien genau in der Mitte eine Achse zu haben. Es hatte sich gedreht, sodass eine große Öffnung in der Wand entstanden war.

Das Rascheln und Knistern des Vampirmantels war zu hören. Im blauen Licht tauchte der Vampir auf und drückte auf einen Stein neben der versteckten Tür.

Aus der Tiefe ertönte die verzweifelte Stimme von Jasmin. „Lassen Sie mich hier raus, binden Sie mich los. Biiiitte!"

Den Vampir – Lilo war überzeugt, es handelte

sich um Herrn Schicketanz – schien das nicht zu rühren.

Knirschend drehte sich die quadratische Platte wieder an ihren Platz zurück. Niemand würde an dieser Stelle eine Maueröffnung vermuten, so genau passte sie sich ein.

Lässig klopfte der Vampir seine Hände ab, als müsste er sie von Staub befreien. Er lachte trocken und ging fröhlich pfeifend davon.

„Was tust du hier?“, fragte eine sehr tiefe Stimme.

Die beiden Knickerbocker wussten sofort, wo sie diese schon einmal gehört hatten: Sie war aus dem Zimmer bei der Garage gekommen, als Schicketanz das Schloss der Tür reparieren wollte.

„Habe nur nachgesehen, ob alles für morgen vorbereitet ist“, erklärte Schicketanz. Die Begegnung mit dem anderen schien ihm nicht recht zu sein. Er wirkte ziemlich erschrocken.

Von ihrem Versteck aus konnten Lilo und Axel den Mann mit der tiefen Stimme nicht sehen. Der Duft eines Herrenparfüms stieg ihnen in die Nase. Sie spürten, dass er zum Greifen nahe stand.

„Der Schrei vorhin, weißt du, was er zu bedeuten hat?“

„Nein, Herr Graf, bedaure!“ Der Spott in Schicketanz’ Stimme war nicht zu überhören.

„Hör mal zu, du bist vielleicht mein Bruder, aber trotzdem kannst du mir nicht auf der Nase herumtanzen“, fuhr ihn der andere an, bei dem es sich also um Graf Drakul handeln musste. „Kannst du mir erklären, wieso vier Leute hier sind, die alle früher einmal bei *Südstar* gearbeitet haben, genau wie du? Na?“

„Ich weiß nicht. Muss ein Zufall sein“, murmelte Schicketanz.

„Ich glaube nicht an Zufälle“, zischte der Graf. „Du hattest die Aufgabe, die Einladungen zu verschicken. Das heißt, du kannst ganz einfach ein paar Namen geändert haben, und ich werde das Gefühl nicht los, dass du das getan hast.“

Schicketanz schnaubte ärgerlich. „Ich weiß wirklich nicht, wovon du redest. Du leidest wohl unter Verfolgungswahn, Bruderherz. Ich habe nur getan, was du mir aufgetragen hast.“

„Und genau das hätte mir von Anfang an komisch vorkommen müssen. Du hast nämlich noch *nie* getan, was ich von dir wollte, und ich habe auch *nie* verstanden, wieso du bei meinem kleinen Abenteuer hier unbedingt mitmachen wolltest!“

„Wie du weißt, hatte ich keine Lust mehr, meinen alten Job fortzusetzen, und da du jemanden gesucht hast, habe ich mich eben für dich entschieden. Es gibt Schlimmeres, als für dich zu arbeiten, Bruderherz!" Schicketanz klang sehr überheblich.

„Pass auf, was ich dir jetzt sage", entgegnete der Graf wütend. „Sollte ich herausfinden, dass du hier irgendeine private Sache hinter meinem Rücken drehst, dann fliegst du nicht nur, ich ... ich zeige dich auch bei der Polizei an."

Schicketanz lachte hämisch. „Das lass mal lieber bleiben. Ich könnte dich ebenfalls anzeigen. Und einige andere täten dies sicher auch gerne, wie du weißt."

„Droh mir nicht!", warnte ihn Graf Drakul. „Hier bin *ich* der Chef."

Lilo und Axel machten ratlose Gesichter. Sie verstanden beide nicht, worum es ging. Was war im Schloss los?

„Hast du Luna und die beiden Kinder ...?"

„... entsorgt? Klar!", unterbrach ihn Schicketanz, bevor der Graf die Frage noch zu Ende stellen konnte.

Die anwesenden Knickerbocker schluckten. *Entsorgt?* Was sollte das heißen?

„Gut, nach dem Frühstück ist dann Nummer sechs dran!", trug der Graf seinem Bruder auf.

Axel versetzte Lilo einen Stoß mit dem Ellenbogen. Nach dem Frühstück sollte der *sechste* Teilnehmer verschwinden? Jasmin war doch schon fort, und es bestand kein Zweifel, dass Graf Drakul persönlich bestimmte, wer wann verschwand.

„Wieso liegst du nicht im Bett wie sonst?“, fragte Drakul argwöhnisch.

„Hör endlich mit deinen Fragen auf!“ Schicketanz schnaubte. „Sonst kündige ich nämlich und du kannst deinen Kram hier allein machen.“

Mit energischen Schritten verließ er den Raum. Graf Drakul folgte ihm. Sie benutzten eine Tür, die Axel und Lilo bisher nicht entdeckt hatten, die aber auch nicht abgesperrt wurde.

Als sie weg waren, erhoben sich die beiden Knickerbocker stöhnend. Sie waren ganz steif von dem unbequemen Hocken.

„Los, jetzt komm schon ...!“ Axel ging wieder zum oberen Ende des Sarges, Lilo stellte sich ans Fußende. Ein Kopfnicken genügte, und sie hoben beide den Deckel an und schwenkten ihn zur Seite.

Ein erleichtertes Aufatmen war zu hören.

Der Sarg war leer.

Mutig geworden, sahen sie auch in die anderen geschlossenen Särge.

Alle waren leer.

Mit den Handflächen klopfte Lilo die Wand ab, in der sich die quadratische Tür befand. Die Wand war aus unterschiedlich großen Steinen zusammengesetzt, die mit schwarzem Mörtel verbunden waren. Daher war auch kein Spalt zu entdecken, der den Rand der Drehtür angezeigt hätte.

Axel widmete sich den kleineren Steinen auf der Seite. Mit einem davon musste die Tür zu öffnen sein. Entweder wurde er hineingedrückt oder herausgezogen.

Doch die Knickerbocker hatten keinen Erfolg. Sie konnten die versteckte Tür nicht öffnen. Schwer atmend lehnten sie sich mit dem Rücken gegen die Wand und starrten ratlos vor sich hin.

Axel leuchtete noch einmal jede Ecke der Gruft aus. Da blitzte etwas über ihm auf. Zuerst hielt er es für Wasser, das von der Decke tropfte. Als er es jedoch genauer besah, kam ihm ein Verdacht. Er schob den Schirm seiner Baseballkappe mit einem Finger in die Höhe und stieß einen Pfiff aus.

„Sei still oder willst du, dass dich der Graf oder dieser Schicketanz hört?“, flüsterte Lilo.

„Die wissen ohnehin alles über uns“, erwiderte Axel. „Wahrscheinlich sehen sie uns in diesem Augenblick sogar.“

„Was? Wieso?“ Lilo verstand nicht, wovon Axel redete.

Graf Drakul stand vor seinem Schreibtisch, die Hände auf die Tischplatte gestemmt. Mit leicht zusammengekniffenen Augen starrte er auf einen Bildschirm. Hinter seinem Schreibtisch befand sich eine ganze Wand, die nur aus Fernsehern bestand.

Jeder zeigte einen anderen Raum des Schlosses. In einigen Zimmern waren sogar mehrere Kameras montiert.

Graf Drakul biss die Zähne zusammen und schüttelte nachdenklich den Kopf. „Diese kleinen Ungeheuer, wie sind sie dort hingekommen? Und warum kreischen sie nicht vor Angst?“, murmelte er. „Vor allem will ich wissen, wieso sie die Wand abtasten!“

Aus einem Regal holte er einen dicken Ordner und blätterte darin herum. Er suchte den Abschnitt „Gruft“ und betrachtete prüfend einen genauen Plan des Raumes.

„Da gibt es ja noch eine Geheimtür“, stellte er überrascht fest. „Die beiden Kinder scheinen sie zu kennen, dabei weiß nicht einmal *ich* etwas davon. Was tun sie dort?“

Er stellte den Ordner zurück und lief in seinem Zimmer auf und ab. Er durfte jetzt keinen Fehler machen.

DAS GOLD

Immer zwei Stufen auf einmal nehmend stürmten Axel und Lilo nach oben.

„Wo geht's weiter?", fragte Lilo atemlos, als sie wieder einmal eine Kreuzung von Gängen und Treppen erreichten.

„Keine Ahnung, die Treppe führt runter, aber das könnte auch nur ein Trick sein. Wir nehmen sie, los!" Axel stürmte voran.

Im Licht seiner Taschenlampe war die Linse einer Kamera aufgeblitzt. Sie war gut versteckt angebracht, und hätte er nicht hingeleuchtet, hätte er sie niemals entdeckt.

Lilo hatte dann noch eine weitere ausfindig gemacht, die im Auge einer Teufelsfratze versteckt und direkt auf den Gang vor den Särgen gerichtet war.

„Wir müssen diesen Graf Drakul aus seinem Versteck locken“, hatte Axel auf einmal gesagt. „Er ist der Schlüssel zu allem, und irgendwie habe ich das Gefühl, er ist harmlos. Auf keinen Fall wirklich gefährlich. Vielleicht verrückt, möglicherweise verfolgt er irgendeinen total durchgeknallten Plan, aber wie ein Mörder wirkt er nicht. Der tut etwas, was wir noch nicht durchschauen.“

Seinen Bruder, den sie unter dem Namen Schicketanz kannten, hielten die beiden Knickerbocker hingegen für gemein und hinterlistig. Schicketanz war aus einem ganz anderen Grund hier. Es musste etwas mit *Südstar* zu tun haben.

„Und dem Diamantenraub“, vermutete Lilo.

Alles hatte mit dem geheimnisvollen Gold des Grafen Drakul begonnen. Dieser Schatz sollte gefunden werden, und dreizehn Leute waren eingeladen worden, sich auf die Suche zu machen.

Ausgerechnet die beiden Knickerbocker schienen nun zu wissen, wo das Gold versteckt war. Und sie vermuteten irgendeine Sensation, jedenfalls etwas ganz Besonderes, wenn sie Recht hatten. Da ging es nicht nur um den Schatz.

Während sie nun durch die Gänge und die Treppen hinauf- und hinunterjagten, kriegte Lilo den Namen Schicketanz nicht aus dem Kopf. Sie hatte ihn irgendwo gehört oder gelesen, es war gar nicht lange her. Und irgendwie stand er mit Kameras in Verbindung.

Keuchend erreichten sie den Gang, in dem sich die Zimmer der Schatzsucher befanden. Die Tür zu Jasmins Zimmer stand offen. Jemand war in diesem Raum, und es hörte sich an, als würde er alles durchwühlen.

Auf Zehenspitzen schlichen die beiden daran vorbei. Sie sahen für einen kurzen Augenblick Schicketanz. Er trug wieder Jeans und einen schwarzen Pulli. Die Schminke hatte er sich nur schlampig abgewischt.

Lilo und Axel stießen auf einen röhrenartigen Gang, der sich spiralförmig nach oben drehte. Die beiden Knickerbocker liefen und liefen und liefen. Sie mussten sich an der Wand festhalten, weil sich alles um sie zu drehen begann.

„Wir ... kommen rauf ... wir sind gleich oben auf dem Dach!“, japste Lilo.

„Hoffentlich!“, brummte Axel.

Der Gang endete auf einer Art Dachboden. Über ihnen erstreckte sich ein lang gezogenes, flaches Dach mit runden Öffnungen. Die meisten waren verglast und gaben den Blick auf den Sternenhimmel frei. Durch eine Öffnung fiel Mondlicht.

„Da … komm!“ Lilo schubste Axel zu einer Rundung, aus der etwas ragte, das wie eine Leiter aussah.

„Heb mich hoch“, verlangte sie.

„Ich bin leichter als du. Also wirst du *mich* heben“, entschied Axel. „Schon was von Gleichberechtigung gehört?“

„Jetzt quatsch nicht, mach schon!“ Lilo überging Axels Bemerkung, weil sie viel zu aufgeregt war. Sie formte die Hände zu einer Art Steigbügel, Axel trat hinein, sie stemmte ihn in die Höhe, er bekam das untere Ende der Leiter zu fassen und zerrte mit aller Kraft daran.

Lilo verlor das Gleichgewicht und kippte zur Seite, Axel fiel zu Boden. Da er die Sprosse nicht losließ, fuhr die Leiter rasselnd von oben herab. Mit einem dumpfen Knall krachte sie auf den Boden.

Die Knickerbocker waren schon wieder auf den Beinen und kletterten hoch. Lilo konnte es nicht schnell genug gehen. Ungeduldig knuffte sie Axel in den Rücken.

„Los, mach schon, Tempo!“

Sie schlüpften durch die runde Öffnung, die etwas breiter als ihre Schultern war, und leuchteten in den Raum, der sich darüber befand.

„Keine Ecken und Kanten“, stellte Axel fest.

Wie auf dem Wandteppich zu sehen war, handelte es sich tatsächlich um eine Kugel, die ungefähr vier Meter Durchmesser hatte. Von oben hing an dicken Ketten eine Truhe herab. Lilo und Axel sahen außerdem gleich mehrere Videokameras.

Unter lautem Gerassel senkte sich die Truhe. Dazu ertönte ohrenbetäubende Musik. Es klang wie beim Happy End in einem Abenteuerfilm.

Aus einem versteckten Lautsprecher rief eine Stimme reißerisch: „Gratulation! Sie sind der Sieger! Sie haben das Gold des Grafen Drakul gewonnen! Nächsten Monat sehen Sie sich selbst und alle anderen Teilnehmer im Fernsehen. Was Sie erlebt haben, wurde mit versteckter Kamera gefilmt! Was sagen Sie jetzt?"

„Genau das haben wir vermutet", erklärte Lilo ungerührt. „Und wer auch immer dahintersteckt, sollte schnellstens aus seinem Versteck kommen. Hier läuft noch etwas anderes. Graf Drakul, wo sind Sie? Kommen Sie schnell!"

Axel legte ihr die Hand auf den Mund. „Sei still! Wenn uns Schicketanz hört!"

Die Truhe blieb in Kniehöhe hängen und der Deckel klappte auf.

Axel fielen fast die Augen aus dem Kopf. Bis oben hin war die Kiste mit Goldmünzen gefüllt. Fas-

sungslos griff er hinein und nahm eine Handvoll heraus. Er ließ die Münzen durch die Finger rieseln und rief: „Wir sind reich!“

Lilo nahm nur eine Münze, biss hinein, wie sie es in Filmen oft gesehen hatte, und brach die Münze dann in der Mitte durch.

„Leider nicht“, sagte sie bedauernd. „Das ist Blech mit Goldfarbe.“

„Frechheit“, schimpfte Axel.

Endlich war Lilo eingefallen, woher sie den Namen Schicketanz kannte: Errol Schicketanz war ein Fernsehmacher, der bekannt für seine verrückten und ausgefallenen Ideen und Projekte war. Die Suche nach dem Gold des Grafen Drakul war also auf seinem Mist gewachsen. Die Lastwagen hatten die Kameras und die Aufnahmegeräte gebracht, die in mühevoller Arbeit im ganzen Schloss aufgebaut worden waren. Die beiden Männer waren wohl Schauspieler, von denen einer den buckligen Diener darstellte und der andere den Vampir spielen sollte, dessen Rolle nun aber der Bruder des Fernsehmachers übernommen hatte.

„Los, raus hier", sagte Lilo und kletterte die Leiter wieder hinunter. Der Schreck fuhr ihr durch alle Glieder, als jemand von unten nach ihr griff. Eine Hand legte sich auf ihren Mund.

NICHTS FÜR SCHWACHE NERVEN

„Ganz still", zischte ihr jemand ins Ohr.

Es war Errol Schicketanz, der Fernsehmacher. Sie erkannte den Geruch seines Parfüms.

„Lassen Sie mich los", presste Lilo hervor.

„Aber nicht schreien, bitte!"

Lilo riss sich los und drehte sich empört um. Hinter ihr stand ein mittelgroßer Mann mit lang gezogenem Gesicht und listigen blauen Augen.

Axel sprang von der Leiter.

„Graf Drakul habe ich mir anders vorgestellt", brummte er.

„Ihr Satansbraten", stöhnte der Mann. „Ihr habt meine Pläne durchkreuzt und mein Unternehmen hier praktisch zum Scheitern gebracht."

„Ich finde es total verrückt, eine Fernsehsendung

mit Leuten zu machen, die sich zu Tode fürchten und überhaupt keine Ahnung haben, was mit ihnen geschieht!", brauste Lilo auf.

„Wo sind unsere Freunde? Wo ist Luna?", wollte Axel wissen.

„Keine Angst, es geht ihnen ausgezeichnet. Vor dem Schloss stehen versteckt in einem ehemaligen Stall mehrere Wohnmobile. Dorthin wurden alle gebracht, die ich habe ausscheiden lassen", erklärte der Fernsehmacher.

„Aber nicht Jasmin. Ihr Bruder hat etwas vor. Er hat sie in einem geheimen Raum neben der Gruft eingesperrt!", erklärte Lilo aufgeregt.

„Ich weiß, aber ich kann die Geheimtür nicht öffnen. Ich habe es versucht. Jerry kennt den Mechanismus, ich nicht."

„Sie müssen Jasmin befreien. Er hat irgendetwas mit ihr vor. Ich glaube, es geht um die Diamanten", sagte Axel.

„Diamanten? Der Diamantenraub!" Errol Schicketanz schnalzte mit der Zunge. „Ich hatte damals den Eindruck, Jerry habe etwas damit zu tun. Er kaufte sich auf einmal jede Menge Sachen: einen teuren Sportwagen, Markenklamotten und den schnellsten Computer. Aber dann, von einem Tag auf den anderen, war er nur noch missmutig und verschlossen. Als er von meinem Projekt hier in diesem Geisterschloss erfuhr, wollte er unbedingt mitmachen."

Lilo hatte denselben Verdacht. „Es hat mit den Diamanten zu tun. So wie Sie es schildern, hat Jerry sie gestohlen. Woher sonst sollte er plötzlich so viel Geld haben?"

„Aber die anderen Leute, die bei *Südstar* gearbeitet haben, müssen in die Sache irgendwie verwickelt sein", kombinierte Axel.

„Nein, nicht alle, nur eine: Jasmin!" Lilo war sich da sicher.

„Aber wie? Was hatte sie unter dem Pulli, als wir ihr begegnet sind? Was hat sie versteckt?", überlegte Axel laut.

„Sie war die Putzfrau!" Lilo knetete ihre Nasenspitze auf Hochtouren. „Was ist, wenn sie im Augenblick des Überfalls in den Raum gekommen ist? Vielleicht ist es ihr irgendwie gelungen, Jerry zu fotografieren? Sie kann zufälligerweise eine Kamera dabeigehabt haben. Statt aber die Bilder der Polizei zu übergeben, erpresst sie ihn damit und lässt ihn bezahlen."

Axel tippte sich an die Stirn. „Zufälligerweise hatte sie einen Fotoapparat dabei ... warum nicht gleich eine Videokamera?"

„Ach, Herr Oberschlaumeier, sie brauchte ja nur ein modernes Handy, mit dem man Fotos machen kann." Lilo schnaubte.

„Okay, okay", lenkte Axel ein und spann den Gedanken weiter: „Sie hat Jerry also fotografiert und erpresst ihn nun. Und Jerry hat geahnt, dass der Erpresser irgendjemand sein muss, der an diesem Tag in der Firma gearbeitet hat."

Errol Schicketanz hatte jetzt auch etwas zur Lösung des Rätsels beizutragen. „Er hat nicht *die* Leute genommen, die ich ausgewählt hatte, sondern dafür diese vier, die als Erpresser infrage kamen. Er wollte sie hier ganz einfach testen und herausfinden, wer es tatsächlich ist."

„Hat Ihr Bruder irgendein Merkmal, das man von hinten sieht?", wollte Lilo wissen.

„Ein Muttermal, ganz oben am Hals, dort wo die Haare aufhören", antwortete Errol. „Es hat die Form eines Drachenkopfes. Ich habe ihn als Kind immer darum beneidet."

Lilo und Axel nickten einander zu. Das Muttermal war der Grund. Deswegen hatte Jasmin sich so erschreckt, als der Vampir Jerry sich umgedreht hatte und weggegangen war. In diesem Augenblick hatte sie es gesehen und gewusst, mit wem sie es zu tun hatte. Deshalb musste sie die Fotos auch sofort irgendwo verstecken. Sie trug sie wohl immer bei sich, denn schließlich bedeuteten sie Geld ohne Ende.

„Ihr Bruder sucht jetzt nach diesen Fotos. Wie es ihr wohl gelungen ist, sie zu behalten? Offensichtlich hatte sie sie ausgedruckt“, überlegte Axel. „Aber jetzt müssen wir Jasmin vor allem befreien.“

„Und ich weiß jetzt auch, wie wir das schaffen!“, erwiderte Lilo.

Wieder rannten die beiden Knickerbocker durch das Schloss, doch diesmal war ihr einziges Thema: Jasmin und die Fotos.

„Und sie trägt sie immer bei sich?“, fragte Lilo bestimmt zum hundertsten Mal.

„Klar, sie hat da so eine versteckte Tasche umgeschnallt“, erklärte Axel ebenfalls zum hundertsten Mal. „Und da drin sind die Fotos.“

„Irre Idee, auf die muss man erst einmal kommen. Und sicher hat sie sie auch noch auf einer CD und auf ihrem Computer“, sagte Lilo staunend.

Und schon ging es weiter in den nächsten Gang. Sie mussten ihr kleines Theaterstück überall spielen, schließlich wussten sie nicht, wo Jerry sich gerade befand. Der Zweck des ganzen Spektakels war, dass er sie hörte.

Zum ersten Mal fiel den beiden auf, dass es im ganzen Schloss kein Tageslicht gab. Die Fenster waren entweder zugemauert oder hatten schwarze Scheiben. Ein Blick auf die Uhr zeigte ihnen, dass draußen bald die Sonne aufgehen würde.

„Los, wir gehen noch einmal in die Gruft", entschied Lilo. „Vielleicht ist Jerry schon unten und wir können endlich aufhören."

Als sie die Tür öffneten, entdeckte Axel an der Decke den Grund für die eiskalte Luft: Sie wurde von einem Klimagerät erzeugt, das dort montiert war.

Von der anderen Seite des Raumes kam Geschrei.

Die quadratische Tür stand offen. Im Treppenhaus, das sich dahinter befand, brannte nur ein schwaches Licht.

„Nein, ich habe sie nicht", hörten sie Jasmin jammern.

Lilo rang nach Luft und deutete zu Boden. Dort lag Errol – regungslos. Eigentlich hatte er die Aufgabe übernommen, Jerry zu schnappen, sobald dieser den geheimen Zugang geöffnet hatte. Doch es musste etwas schiefgegangen sein.

Axel beugte sich zu ihm und stellte erleichtert fest, dass er atmete. Er war also nur bewusstlos.

„Komm!" Lilo deutete auf einen der Särge. Axel

musste ihr helfen, ihn vom Steinpodest zu heben. Es war ein offener Sarg ohne Deckel. Lilo schleppte ihn mit Axel direkt neben die quadratische Öffnung und stellte ihn senkrecht auf, die offene Seite zum geheimen Abgang.

Nachdem sie tief Luft geholt hatte, rief Lilo: „Wir haben, was Sie suchen.“

Sofort kam Jerry die Treppe hoch. Er nahm immer zwei Stufen auf einmal. Ohne nach links oder rechts zu schauen, stürzte er in die Gruft.

Lilo gab dem Sarg einen Stoß. Er sollte über Jerry fallen und ihn zu Boden reißen, verfehlte ihn aber und krachte gegen den Stein.

Jerry Schicketanz’ Gesicht war zu einer wilden Grimasse verzerrt. Es ging für ihn um alles. Würde er weiter in Saus und Braus mit den gestohlenen Diamanten leben können oder hinter Gitter wandern?

„Ihr!“, schnaubte er und stürzte sich auf die beiden entsetzten Knickerbocker.

Was nun kam, ging blitzschnell. Axel bückte sich und riss den Sarg zu sich und Lilo. Wie ein Hindernis lag er nun zwischen Jerry und ihnen. Jerry verlor das Gleichgewicht, stolperte über den Rand und stürzte. Lilo und Axel wichen zur Seite und Jerry kam genau zwischen ihnen zu liegen. Gleichzeitig sprangen sie nun auf ihn und Axel drehte ihm den Arm nach oben.

Jerry versuchte, die beiden abzuschütteln, wehrte sich, bäumte sich auf, gab tierische Laute von sich und brüllte verzweifelt, aber ohne Erfolg.

Echte Knickerbocker ließen eben niemals locker.

Jasmin kam aus dem Keller und Errol bewegte sich wieder.

„Los, helfen Sie uns doch!", knurrte Lilo, als die beiden sie nur tatenlos anstarrten.

Es war bereits Nachmittag, als die Knickerbocker-Bande aufstand. Geschlafen hatten sie wieder im Gasthof der Chagills, die sich entsetzliche Sorgen gemacht und die Polizei gerufen hatten.

Nun saßen die vier mit Luna am Esstisch und vertilgten einen riesigen Kuchen, den Frau Chagill für sie gebacken hatte. Am nächsten Morgen sollte es zurück nach Hause gehen.

„Jerry sitzt bereits hinter Gittern und Jasmin wird auch vor Gericht kommen. Schließlich wusste sie, wer der Dieb war", erzählte Luna.

„Die muss ja Angst gehabt haben", meinte Poppi kauend. „Sie war ausgerechnet mit dem Mann im Geisterschloss eingesperrt, den sie erpresst hat. Was für ein Horror!"

Dominik interessierte noch etwas anderes: „Was ist jetzt mit dem Goldschatz? Die Münzen sind also nur aus Blech. Heißt das, es gibt überhaupt keine Belohnung?“

Auch dazu hatte Luna Neuigkeiten. „Doch, doch, die gibt es, und ihr werdet sie bekommen. Und ihr werdet außerdem in der Fernsehsendung auftreten, die Errol Schicketanz natürlich aus dieser Geschichte macht.“ Sie nannte den Geldbetrag, der die Bande in lauten Jubel ausbrechen ließ.

„Was werdet ihr damit machen?“, erkundigte sich Luna.

„Na ja, irgendein neues Abenteuer wird schon kommen, bei dem wir ein bisschen Taschengeld gebrauchen können“, meinte Axel.

„Nein, das erlaube ich nicht. Ihr müsst mir für das Geld etwas kaufen“, erklärte Luna.

„Was denn?“, wollten die vier verwundert wissen.

„Baldriantropfen, die beruhigen nämlich“, erwiderte Luna. „Und wenn man mit euch unterwegs ist, braucht man wohl eine ganze Wagenladung davon.“

Die Knickerbocker-Bande brach in schallendes Gelächter aus. Unrecht hatte Luna nicht. Ihre Abenteuer waren nichts für schwache Nerven. Das sollte sich auch beim nächsten Mal wieder zeigen …

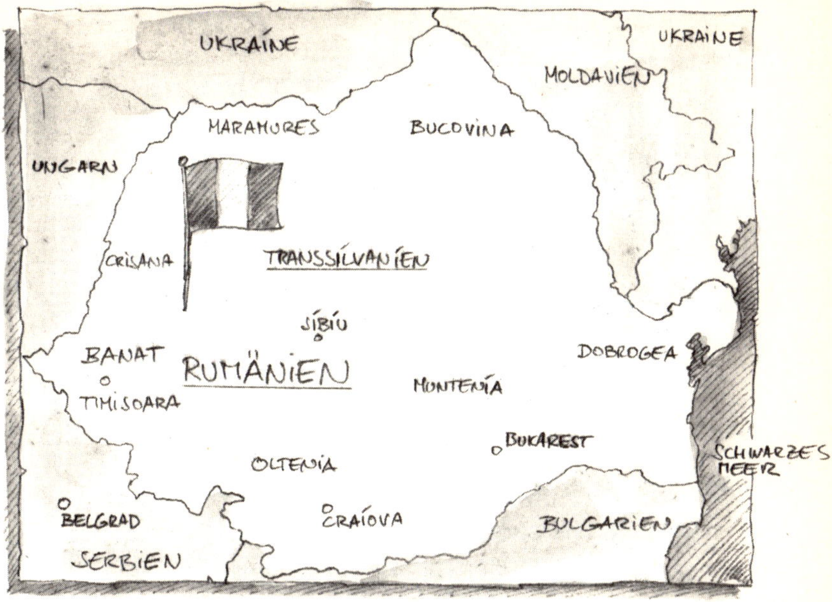
UKRAINE
UKRAINE
MOLDAVIEN
MARAMURES
BUCOVINA
UNGARN
CRISANA
TRANSSILVANIEN
SIBIU
BANAT
RUMÄNIEN
DOBROGEA
TIMISOARA
MONTENIA
BUKAREST
SCHWARZES MEER
OLTENIA
BELGRAD
CRAIOVA
BULGARIEN
SERBIEN

Ravensburger Bücher

20 Jahre Knickerbocker-Bande

ISBN 978-3-473-**47161**-4

ISBN 978-3-473-**47162**-1

ISBN 978-3-473-**47163**-8

ISBN 978-3-473-**47164**-5

ISBN 978-3-473-**47165**-2

KBB_09_086

www.knickerbocker-bande.de

Ravensburger

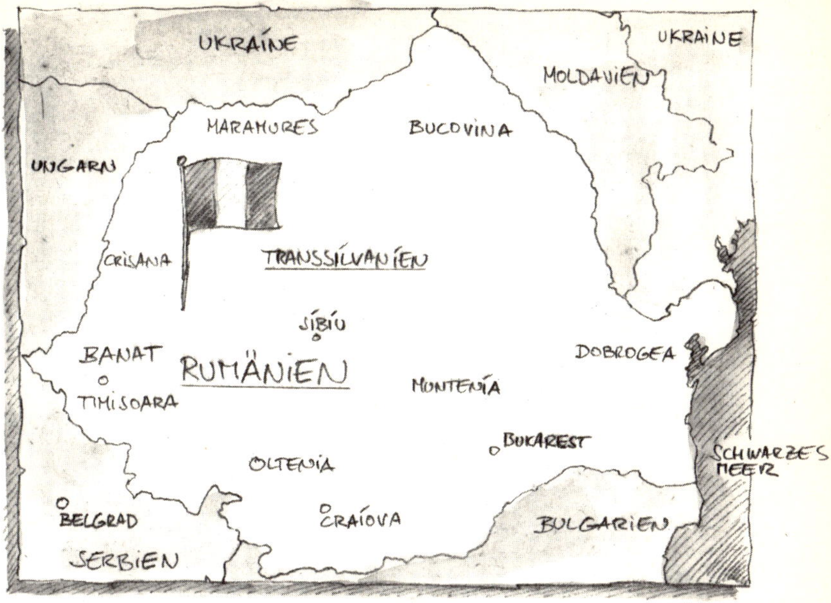
UKRAINE
UKRAINE
MOLDAVIEN
MARAMURES
BUCOVINA
UNGARN
CRISANA
TRANSSILVANIEN
SIBIU
BANAT
RUMÄNIEN
TIMISOARA
DOBROGEA
MUNTENIA
BUKAREST
OLTENIA
SCHWARZES MEER
BELGRAD
CRAIOVA
BULGARIEN
SERBIEN

DER KNICKERBOCKER-BANDENTREFF

Werde Mitglied im Knickerbocker-Detektivclub!
Unter www.knickerbocker-bande.com **kannst du dich als Knickerbocker-Mitglied eintragen lassen. Dort erwarten dich jede Menge coole Tipps, knifflige Rätsel und Tricks für Detektive. Und natürlich erfährst du immer das Neueste über die Knickerbocker-Bande.**

Hier kannst du gleich mal deinen detektivischen Spürsinn unter Beweis stellen – mit der Detektiv-Masterfrage, diesmal von Poppi:

LIEBE DETEKTIV-FREUNDE,

Spinnen in Brötchen, eine Gruft mit dreizehn Särgen und Augen in Vitrinen, die einen zu beobachten scheinen – das ist wirklich nichts für mich! Und mir wäre auch eine Menge erspart geblieben, wenn Axel nicht einfach durch den Geheimgang vom Wirtshaus zum Schloss gegangen wäre. Klar, dass ich ihn nicht im Stich lassen konnte und daher mitgekommen bin.

Uuaaaah, das war alles furchtbar schaurig.
Im Nachhinein bin ich aber froh, dass wir
das Verbrechen bei Südstar aufklären konnten.
Wie sieht's eigentlich mit deiner Kombinationsgabe aus?
Weißt du noch, woran Jasmin Jerry erkannt hat?

Die Lösung gibt's im Internet unter
www.knickerbocker-bande.com
Achtung: Für den Zutritt brauchst du einen Code.
Er ergibt sich aus der Antwort auf folgende Frage:

Dracula ist ein berühmter Roman.
Wie heißt der Autor?

Code	
41173	Johann Wolfgang von Goethe
47128	Bram Stoker
97130	William Shakespeare

Und so funktioniert's:
Gib jetzt den richtigen Antwortcode auf der Webseite
unter **MASTERFRAGE** und dem zugehörigen Buchtitel ein!

Mach's gut!
Deine

Poppi

Ravensburger Bücher

20 Jahre Knickerbocker-Bande

ISBN 978-3-473-**47161**-4

ISBN 978-3-473-**47162**-1

ISBN 978-3-473-**47163**-8

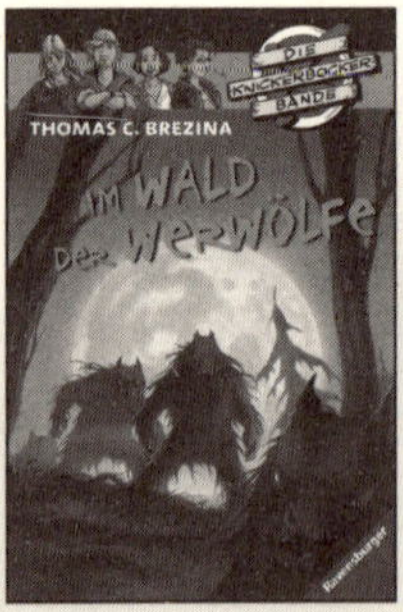

ISBN 978-3-473-**47164**-5

ISBN 978-3-473-**47165**-2

KBB_09_086

www.knickerbocker-bande.de

Ravensburger